新世紀20年詩選（下）2001-2020

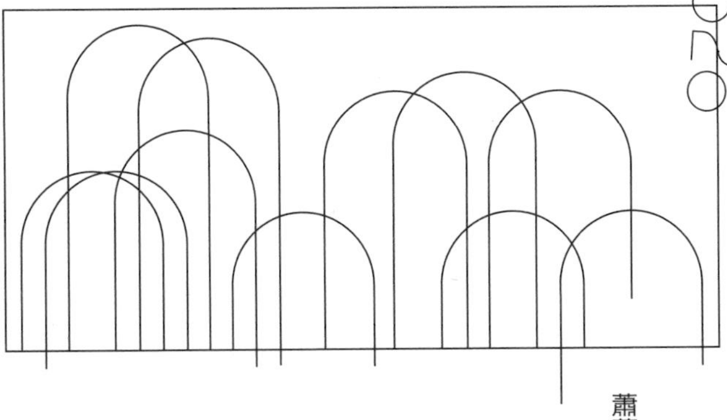

蕭蕭　主編

編委：白靈、向陽、焦桐、陳義芝

編輯凡例

一、本詩選以近二十年年度詩選入選者為選稿門檻，但非以此為單一標準，另斟酌入選者在此二十年之創意性、殊異度、影響力，共薦舉六十位，三二三首詩。

二、新世紀二十年，以二十一世紀起始之二〇〇一——二〇二〇年為選稿起迄年度，偶有推前至二〇〇〇年者。

三、選材對象以二〇〇一——二〇二〇年詩作發表於臺灣出版的詩刊、詩集、詩選、報紙副刊、文學雜誌為主範疇。以文化輝煌為準的，不以國籍地域為拘限。

四、選稿矩度：以「為歷史刻畫真實軌轍，為詩人與讀者留下精彩篇章」做為選材標準。

五、編選秩序：人依出生年月序齒，詩以發表先後為次，各具倫常。

六、評傳撰述：先述生平詩事，再評近二十年特殊表現、近期重要風格，及於個別詩作的精彩眼。

目次

導言

微雲見得了陽光不一定會成為彩霞

蕭蕭

一、起之緣的端倪何止區區一端

《新世紀二十年詩選》是一部以爾雅、二魚系列「年度詩選」為思考基點的詩作集結。從一九八二年開始，詩人張默與爾雅發行人隱地共同創辦「年度詩選」，最初參與的詩人、學者、教授尚有向明、張漢良、蕭蕭、李瑞騰、向陽等，輪流主其事，其後時移世易，人事幾度變遷，參與編輯作業的主事者先後有現代詩社、創世紀詩社、臺灣詩學季刊社、二魚文化公司等，開啟並維繫著華文世界年度詩選的傳統。在臺灣，另有一支以前衛、春暉出版社先後承續的年度詩選應市，自有其歷史軌轍與美學導向，可供後來的學者斟酌、參商、研究，以為佐證之資。

大華文圈新詩百年（一九一七—二〇一七）剛過，臺灣詩壇小範疇的新詩百年（一九二四—二〇二四）未到，不過，相對應的紀念性選集或論集則已出現，繽紛多彩。如張默、蕭蕭策畫的《新詩三百首．百年新編》（九歌，二〇一七），陳大為與鍾怡雯主編的《華文新詩百年選．臺灣卷》、《華文新詩百年選．中國大陸卷》（各兩冊，九歌，二〇一九），兩者都以板塊方式呈現，臺灣與大陸成為華文世界的兩大板塊，除此之外的地區，三百首稱之為域外篇，包含了美加、港澳、東南亞各國，百年選則專注在香港與馬來西亞的發展，但為數不大，所以將詩作含籠在香港文學、馬華文學卷中。不同的是，三百首以「列傳體」方式論述，見出詩人的個體風格與歷史轉折，企圖「為過去的百年留下系譜，為未來的歲歲年年草擬想像的地圖」；百年選則以「編年體」的格式，一或二年揀擇一或二首，顯示詩作體勢的流變，期望「見證大時代的動盪，在詩史長軸中展現西方文學思潮的衝擊、各世代詩人的美學差異。」

論述方面，臺灣詩壇又有以現代詩為授課專業的學者鄭慧如出版《臺灣現代詩史》（聯經，二〇一九），角度特殊：以長詩創作為焦點詩人的門檻，態度堅定：拒絕散文化的詩人進入她的詩史，因而泛起漣漪無數。但在詩作解剖上，刀法俐落，未嘗不可以視為另一種附有長文評價的百年詩選。

二者相較，「年度詩選」作為瘦削的線型伏擊，有著奇兵突襲的驚喜，「百年詩選」引入系譜學、地理學、編年體的分析，可以綜觀全局、推演歷史，具全了沙盤效應。二者各有優點，當然也都有視野無法顧及的區塊，世間真的罕有「不負如來不負卿」的雙全法！

時序進入二〇一九年時，我們想到，如果以世紀之交的二〇〇〇年為界線，年度詩選屬於二十世紀的前十九年，大抵以前行代詩人（大約出生於一九二〇～一九四〇─）為活躍主角；二十一世紀的後十九年，則以中生代（一九四〇～一九六〇─）、新生代（一九六〇─）詩人創作量最高。「二十年詩選」的構想，由此展開。

《新世紀二十年詩選》的編選原則，即以二十一世紀發行的「年度詩選」為底本，曾經入選五次以上為門檻，幾度開會斟酌、確認，進出之間仍不免有破格擢取或削減的建議，也有年長詩人謙讓入選的意外。因而，新近三、四年躍升的璀璨新星，在二〇〇一—二〇二〇的長時程裡未必有積累的厚度，他們的光芒或許要在未來的某一部二十年詩選中輝煌，雖然在歷次會議中他們常被提及，卻也不免成為遺珠之憾。同理同心，新世紀之初創作力旺盛的前輩，後繼力乏者則檢視其創新度、影響度作為指標，唯以「為歷史刻畫真實軌轍，為詩人與讀詩人留下精彩篇章」做為選材標準。若是，《新世紀二十年詩選》的總集式出版，似乎也在呼應二〇〇〇年五月爾雅出版社的〈世紀詩選叢書〉的別集方式，當時參與的有十二位詩人之世紀詩作：周夢蝶、洛夫、商禽、辛鬱、向明、管管、張默、席慕蓉、蕭蕭、陳義芝、白靈、焦桐。同樣以「為歷史刻畫真實軌轍，為詩人與讀詩人留下精彩篇章」做為當時選詩標準。

當時的〈編輯弁言〉曾說：「二十世紀是現代詩擅場的世紀，現代詩是二十世紀臺灣文明的產物與象徵。」當然，弁言中也提到藝術的教養與文學的傳承：

文學的傳承不能再出現斷層，二十世紀臺灣現代詩將成為二十一世紀的新傳承。
藝術的教養不能再缺乏滋養，二十世紀臺灣現代詩將成為二十一世紀臺灣人的新教養。

新世紀來了，我們藉此檢驗這二十年的詩的靈魂的傳承與悸動吧！

二、承其所不能不承的詩之本質

詩之所以為詩，自有其本質性的存在。

就「詩」這個字的字源分析，或許可以找到「詩」的本質。

（一）從部首「言」字來看

「詩」字在「言」部，我們常說：詩是語言的藝術。許慎《說文解字》在「言」字下很明確的說：「直言曰言，論難曰語。」段玉裁注，引述前人經書的見解三則，大約不離此意：

甲、「直言曰言，論難曰語。」「直言曰言，答難曰語。」

乙、「發端曰言，答難曰語。」

丙、「言，言己事；為人說為語。」

至於「語」字，《說文解字》卻是三個字的輪遞銜接，互為說解：「語，論也。」「論，議也。」「議，語也。」「語」這個詞，有著對話的模擬，論議的本性，有著內在思想的思辨需求。

所以，「言」是主觀的、發端性的話；「語」則是對別人發言的回應，對客觀事務的反饋。「言」有獨創性的自我要求，「語」有對應性、溝通性的必要。「言」是獨白，「語」則是對話；「言」是創新式的獨白，「語」則是傳播性的對話。「詩」字在「言」部，顯然詩的語言要求比之於其他文類更要講究，基本上存在著要有自己的中心旨意，才能有跟別人（讀者）對答、論難的基礎。

（二）從整體「詩」字來看

許慎《說文解字》對「詩」字的解釋，十分簡潔：「詩，志也，从言寺聲。」以此往前推敲《毛詩序》的話：「詩者，志之所之也。在心為志，發言為詩。」二者都同意：詩就是志意的志、志向的志，《說文》：「詩，志也。」「志，意也。从心㞢，㞢亦聲。」（㞢即之）「意，志也，从心音，察言而知意也。」這三字也是迴環式的相互說解，依據這個系統，「詩」與「志」、「意」站在相同的高度，詩就是詩人志意的外顯的符徵。

許慎說「詩，志也。」白話的說法就是：詩就是心。這時候的「志」，只是一個靜態的名詞。毛亨說「詩者，志之所之也。」白話的說法就是：詩就是心所嚮往，心意所經歷的過程。這時候的「志」，就不只是一個靜態的名詞，而是一個會思考、有動能、實踐中的生命。我喜歡毛詩序的說法，「志之所之」，有意（志也）有象（所之，所往），有動態感，有畫面呈現，彷彿可以看見詩人所追求的意向，奔馳的艱辛。

（三）從偏旁「寺」字來看

「詩」字分成左右兩半，左半的「言」是顯示內涵的形符、意符，右半的「寺」則是聲符，根據宋人王聖美（王子韶，字聖美，宋太原人）的「右文說」，形聲字的聲符不只是表音而已，其實也兼負著協佐形符的表義功能。

「寺」字，現在都用來指稱供奉神佛、頌讚神佛的建築，自有一種神祕而莊嚴的氛圍。但《說文》的原始說法卻是：「寺，廷也，有法度者也。」類近於最早的詩歌總集《詩經》的朝會之樂（大雅）、宴饗之樂（小雅）、廟堂之樂（頌），是在朝廷之上，依循禮樂、法度的盛大儀式中進行的詩歌樂舞。以此「詩」字偏旁的「寺」來印證「詩，志也」的說法，都在強調詩的實質內涵，不論是抒情、詠物、敘事的作品，不管是長詩、短詩、小詩的不同篇幅，應該都要具足人生的思考，包括哲理的脈絡與深度，教化的功能與可能。這才不辜負造字者引「寺」聲為「詩」聲的最初本衷，不辜負「寺」字聲符兼義的邊際效應。

（四）從細節「寸」字來看

再進一步細細析分「寺」字，「寺，廷也，有法度者也」已如上文所述，「从寸，㞢聲」則可以再加玩味。

「詩」字從「寺」字得音，「寺」字與「志」字都從「㞢」字得音。「㞢」是聲符兼義，其義來自「之」，因為「㞢」是「之」的變體，「之」作為動詞用的時候有「往」、「向」的意思，所以，「寺」字與「志」字就有了「往寸」、「向心」的意思。天使藏在「細節」裡，這「寺」字的最小元素「寸」就有了思索的必要。

《說文》云：「寸，十分也。人手卻一寸動脈謂之寸口。从又一。」許慎的這段話說的簡略，但值得深思，「寸，十分也」，意思很清楚，就長度而言，十分就是一寸，但段玉裁的注卻加深了「寸」這個字的哲學厚度：「度，別於分，忖於寸。」所有長度的細部區分是以

「分」作為量度，但是考量如何增減時卻在「寸」的單位點上斟酌，「分寸」是一個偏義複詞，重點就在「寸」字上，「守住分寸」、「不知分寸」，要的就是「忖於寸」。分比寸小，但我們形容微小、微量時，都用「寸」字：寸土必爭、手無寸鐵、寸步不離、寸步不讓、寸步難行、寸草不生、寸草不留、寸草春暉、寸陰寸金，寸管、寸札、寸進……，似乎都經過忖度、衡量。「詩」這個字藏著小小的「寸」，應該有「忖」的深義在。

許慎又說「人手卻一寸動脈謂之寸口。从又一。」是指人的手腕退一寸的地方，中醫謂之寸口（脈），這就是橈骨莖突內側橈動脈搏動處，依序有寸脈、關脈、尺脈，中醫把脈而知生理、醫理，寸口脈所在長約一寸，雖小卻是關鍵，「詩」字中有這個小「寸」，彷彿也在暗示「詩」的用字應該精約而精準吧！最後的「从又一」，「又」是「手」的象形，「一」則是指出寸口之所在，這是一個象形兼會意的字，字群中蘊藏這「寸」字的字，如「將」「尋」「溥」「導」「專」「博」「傳」，普遍都有這種凝神於一點以解決百疑千惑的企圖，都有振葉尋根、觀瀾索源的法度與途徑何在的追求，一如「詩」這個字所顯現的四種向度。

「詩」這個字穿透兩千多年的文學史，直到二十一世紀，依然要以生命的思考為其主內涵，講究開展的法度與自我的節制，以尋求人我溝通的契機。例如被白靈譽為「臺灣詩壇的傳奇風景，華文文學界的瑰寶」的周夢蝶（周起述，一九二〇—二〇一四），白靈發現周夢蝶的詩作特別喜愛使用驚嘆號「！」與問號「？」，因為「他要探求的是人面對生命、面對大千宇宙和人心最底層時的驚訝（！）與困惑（？）。」「他詩中的生命觀與宇宙觀早期是『驚多於惑』，其後是『惑多於驚』，最後衍發出『驚惑同觀』（如實觀照）的生命美學，且越後期『瞬時自如感』頻率越高。」（見本書白靈所撰〈周夢蝶評傳〉），詩，就是周夢蝶終其一生，孜孜矻矻，「對人性與自然宇宙可知與未可知的無盡探索」的結晶。

或者以出生於東部花蓮，育成於中部東海，遊歷愛荷華、柏克萊、西雅圖、香港再返回臺灣的楊牧（王靖獻，一九四〇—二〇二〇）為範式，陳義芝指出他以中西古典學術為後盾，鍛鍊心靈思想的翅膀，不僅再造現代詩的形式美，更重要的是揭示出現代人「生命的意義」。陳義芝強調楊牧「作品中的時代語境，包括戰爭傷害、天災、歷史事件、範型人物事蹟、民族滄桑，以及個人的理想追尋。他以左翼知識分子的情懷，闡揚愛與同情，超越狹隘的政治界域，探索人性，悲憫嚴肅。」（見本書陳義芝所撰〈楊牧評傳〉），這裡所揭示的就是詩的傳承，永遠不易的課題：鍛鍊心靈思想，揭示生命意義。

二、轉與變是新詩活力的大源泉

不轉、不變，不足以稱為新世紀。

回想臺灣歷史的幾次大轉、大變：一八九五年開始，臺灣人的自我意識遁入迷惘與懷疑中，面對日本殖民政府的叫囂，臺灣人懷疑自己做為清國奴或中國人是否可恥；面對越來越遙遠的滿清政府，臺灣人不知河洛文化的血緣重要還是當前生活壓力的抗壓性重要。這一年，歷史大斷裂，臺灣人西行的船隻漸漸轉向北進。一九四九年，臺灣與大陸地理大斷裂，臺灣海峽成為天塹，國民政府來臺，河洛文化與中原文化卻有了日常生活的微妙呼應，重新繫連。政治戒嚴，經濟起飛，國民政府要以臺灣作為反攻大陸的基地，臺灣人民藉此擺脫日本二等公民、島國意識的桎梏。一九八七年，臺灣解除戒嚴，民主化進展神速，兩岸交通時緊時縮，臺灣人的自我意識逐漸醒覺，但依舊擺盪在中華文化與中國制度如何疊合的複雜思維裡。

臺灣新詩在這樣的文化大背景下走進二十一世紀。新世紀的這二十年，電腦、筆電、平板、智慧型手機一再翻新，臉書、LINE社群成為交誼、謀生的新工具，網路語言直白而不能免於霸凌的趨勢，道德失去公眾標準即使是行政首長也輕忽，國家認同出現嚴重分歧，因此，社會寫實詩、人道關懷作品相對減少，但整體而言，相對於其他文類，詩的創作與出版卻異軍突起，勝過二十世紀的後五十年。這樣的轉與變，或許可以用三個以「自」開頭的成語作為圓心，展開扇面景觀。

（一）自足媒體

新世紀是「自即媒體」「朕即天下」的時代。

最早興起的是一九九七年的Weblog（Web+log，網路日記），是個人在網路上日日書寫的情緒抒發、行事紀錄、閱讀心得、觀察感觸、資訊分享，後來有人將Weblog轉換為We blog，blog就成為新興的網路術語，臺灣翻譯為「部落格」（或「網誌」），書寫者就被稱為「部落客」），大陸的譯名是「博客」。好發議論的部落客喜歡評論時事、公民議題，專注藝術的部落客加貼攝影、影片、繪畫、音樂，「部落格」逐漸量增、質變，加添了品頭論腳的回應，匿名匿姓的酸言酸語因而滋生。臺灣盛行的PCHome個人新聞臺、痞客邦（Pixnet）、Xuite日誌、中時部落格、udn部落格等，養成許多詩人隨手、隨時寫詩的習慣。

更為普及化、幾乎造成全民運動的，是創立於二〇〇三年的美國社會化媒體網站Facebook，據說這名稱的靈感來自美國高中學生的聯絡資料通訊錄「face book」，到了臺灣，十三歲以上「人有一臉，必有一書」，誰都有這麼一本人生聯絡簿，許多人沿襲Web+log（網路日記）的習慣，逐日有作，或二或三，或五或六，不僅跟昨日的自己比賽，還跟今天的臉友競爭，臉書上因此成立許多同好群族，詩作的數字從此無法估量。這些詩作進而流向平面媒體，進而成立詩社，活躍詩刊，促成詩集的出版與銷售，復興詩運。

這樣的「自」即「媒體」，「朕」即「天下」，英語稱之為self-media或we media，「我」匿藏於「我們」之間，創作的勇氣增加了，「我」消失於「我們」之中，獨特的風格泯除了。新詩創作在這種「自媒體」（或稱草根媒體、個人媒體、公民媒體）發達的時代，湧現了極大的創作量，從網路到紙本，一路湧現，披沙揀金的鑑賞者也加倍了閱讀負擔。

（二）自我約束

自媒體激發了許多新詩愛好者的創作荷爾蒙，新世紀啟創的這二十年，出版業蕭條，卻獨有新詩出版異軍突起。但也在人人可以敲鍵盤以成詩的氛圍中，總有詩人逆向思考，如曾帶著百萬農民上街頭的詹澈，擅於長篇長句敘事，蕪雜不避，但白靈指出：詹澈在《下棋與下田》詩集中曾以三十幾首詩的篇幅試驗著所謂「五五詩體」（每首五段，每段五行），到《發酵》更集其大成，所以他選入此中力作。又如瓦歷斯・諾幹近二十年來關注全球化和在地化的議題，向陽指出「他的詩在表現臺灣原住民特有的文化、原住民族集體記憶的深層結構之外，也具有後殖民文學的抵抗精神；他擅長使用原住民族神話、傳說，經營魔幻想像，又能善用原住民歌謠的重沓唱腔，轉為詩節，使他的詩既具奇詭意象，又兼獨特的聲韻。」當然向陽也看到了這位泰雅族詩人提倡「二行詩」，用以推展他在各地小學的新詩教育，且卓然有成，極受歡迎。

這種小行數的小詩教學，林煥彰曾利用《聯合報．副刊》海外版編輯之便，向東南亞各國華文世界推廣，他以「六行詩」（含以下）作為寫作的極限，激勵華裔華文創作者先從六行詩起步，不以理論闡述六行之必要，而以經驗傳述六行的輕巧，獲得轟然響應，其餘威甚至及於大陸本土。

其後，白靈及其所屬臺灣詩學季刊社倡導「截句」（四行含以下）寫作，蔚為熱潮，三四年間發行近五十種域內域外相關詩集、詩選，激起初寫者對新詩寫作的熱情，應該就是這種按部就班、先小後大的方法學所造致。

詩人自我約束，以固定的行數或形式來約束自己，從新詩掙脫格律以來就一直有人嘗試找尋新形式，如洛夫、向陽的十行詩，岩上的八行，游喚的七行，白靈的五行，陳黎的三行，張錯的十四行，但都只是階段性的實驗，個人表達的突破嘗試，能以既定的形式作為創作的導引，熟悉既定的形式從而突破形式的漸進性教學，唯有在寫詩熱潮逐漸形成的新世紀初期，才有的特殊現象。

穫。

形式的馴服是新詩創作最基本的一小步，創意的翻湧卻是新世紀未能預推的驚喜、絕大的收

（三）自出機杼

自出機杼者不可遍數，挑引數位以見其端。

唐捐以學者的身分無畏的衝撞最為引人，陳義芝引述唐捐的話「曾遊地下一千米，願御天邊萬里風」，說唐捐一向的志趣就在發揚古書所學，研發出寫詩的新「技倆」。他那拆解、拼裝、改造的作風，看似走偏鋒地胡攪蠻纏，其實是為擴大潑灑之幅度，為彌縫語音的縫隙、攀越語意的坡坎，試圖將反常合道的技法發揮到極致。陳義芝認為老學究因思想古板未必會欣賞其怪招，但新人類因「無知於舊學」只愛看熱鬧也未必識其門道。

母語的書寫在新世紀已成為大家嫻熟的新詩語言，焦桐指出向陽是臺語詩的先行者，而「方言詩的寫作是一種政治策略，很自然帶著一種政治性格，企圖顛覆官方話語型式的箝控，顛覆國家機器長期貶抑、壓制方言的政策。基本上這是一種異質的發聲，而非同質的呼應，是一種去殖民化（decolonisation）的過程，在語言的混血中，檢視主流、典範論述，這種顛覆性乃是後殖民論述的普遍特質。」（見焦桐所撰〈向陽評傳〉）向陽則以張芳慈為例，指出「她以客家女性受到父權文化宰制的傳統情境，開展客家女性主體書寫，流露客家妹有自家个天光日的自信和恢宏企圖。她的客語詩和自身的生命歷程、臺灣的被殖民經驗，以及女性意識緊密結合，充分表現出一個客家女性詩人的獨特身姿；在語言上又能表現客語的聲韻，以流動、細膩的音樂性彰顯客語之美，這也使她的客語詩得以和音樂、戲劇進行跨界合作，為客語詩開創更

寬廣的展示空間。」（見向陽所撰〈張芳慈評傳〉）

多語多元的混雜文化一直是臺灣文化的恆常現象，身分的認同也常在混濁中尋找明磬，白靈看見了臺灣詩壇身分極為特殊的辛金順，不住在臺灣詩作卻大量在臺灣媒體上發表，說他生於「多語漂浮的小鎮」卻「常常在日常語境中，尋找一個個不斷變異和迷失的自己」，同時熟悉福建話、潮州語、吉蘭丹土話、華語、馬來語、泰語等多種語言，在不同語境中不停變聲與變身。後來始發現「唯有通過華語華文，才能抵禦自己的文化身體不被侵蝕」。辛金順現象或許多了一重在臺灣、在各地華語文化的象徵意義。

女性詩人特有春華秋實，席慕蓉、陳育虹、顏艾琳、羅任玲、林婉瑜……各自燦亮著原有的燦亮，以向陽所述為例，他以崔舜華二〇一七年推出的第三本詩集為例，指出「她以英文absent塑造一個不存在的〈婀薄神〉，暗喻日常生活的虛無與匱乏，以及在此一狀態中的女性身體經驗與內在世界的荒涼感。從生活、愛情和性，內在心靈和身體感官的交互拉鋸中，呈現了迥異於抒情傳統的狂野、暴烈和荒謬語境。……成功打造了一座女性精神史的廢墟花園。」增加了另一種女性詩人的燦亮。性別議題在二十世紀末期即已成為詩人關注的客體，焦桐藉由陳克華們的情色詩指出，情色詩其實隱含著政治性：「詩人書寫情色或性愛描繪，常是一種道德、良知的覺醒，更是一種叛逆，對道德禮教的反抗。他們試圖通過情色詩，號召受到壓制的族群如同性戀、戀物癖、自戀癖……揭竿起義，反叛霸權話語，這是一種關乎身體的權力爭奪戰。」新世紀的這二十年，「性／別」仍然翻新著話題，闢開著新戰場。

自出機杼，獨造風骨，新世紀應該有這樣的輝煌。

四、合，另一個「起」的起之緣

合而為《新世紀二十年詩選》，皇皇八百頁，雖有承先啟後之責，但在新詩的長河中不過是小小一節流程，不論眼前有多少沙鷗翔集，錦鱗游泳，站在歷史的山頭一望，依然是波瀾不驚，一碧萬頃。

二十年的起承轉合，泅泳其中，那可見的弧度隱示著下一個不可見的弧度。

二〇二〇新冠侵襲‧節氣清明

林彧（一九五七——）

評傳

林彧（林鈺錫，一九五七—），南投縣鹿谷鄉人。畢業於世界新專（今世新大學）編採科。曾任聯合報校對、竹山駐在記者；中國時報文化中心副主任，時報周刊副社長兼執行副總編輯；新新聞周刊副社長。二〇〇五年返鄉賣茶，二〇一六年六月中風後，專心以詩復健。早年，一九八三年獲中國時報文學獎新詩推薦獎；一九八四年獲創世紀三十周年新詩創作獎；一九八五年以《單身日記》獲金鼎獎圖書類出版獎。一九八八年之前出版詩集：《夢要去旅行》、《單身日記》、《鹿之谷》、《戀愛遊戲規則》，新世紀翻出兩本純而醇的詩集：《嬰兒翻》（印刻，二〇一七）、《一棵樹》（印刻，二〇一九）；另有散文集《快筆速寫》、《愛草》等。

向陽曾以〈在破折中翻身〉為題，序林彧第五詩集《嬰兒翻》，說這本詩集是林彧沉潛近三十年後的再出發、再翻轉，是林彧進入耳順之年、花甲之歲的時候，以「返樸拙、歸清真」的初心寫出的詩集，但又不只是詩集，它同時也是林彧面對人生苦難、頓挫與危機，用坦蕩之心、動人之詩來面對的生命之書。向陽文中用了破折二字，是因為林彧〈多柿之秋〉所提的：「六十歲，這個花甲／端午，失去健康／中秋，失去母親／十月，失去婚姻」，但是，如果只著眼在破折的遭遇、翻身的艱難，或許還無法解釋《嬰兒翻》如何在出版當年造成銷售盛況，為什麼新世紀兩冊詩集都入圍臺灣文學獎？

究其原因，可以歸納為三端。

其一蓄積：林彧一九八三年獲中國時報文學獎新詩推薦獎，次年獲創世紀三十周年新詩創作獎，不到三十歲，才情勃發，再蓄積三十年，豈能不噴薄而出？

其二經歷：《時報周刊》副社長兼執行副總編輯，《新新聞周刊》副社長的社會觀察與歷練，深刻無比。

其三對比：余光中曾讚譽林彧是「受薪階級青年知識分子的代言人，用生動的形像演出他這一類青年的恐閉症和無奈感，以及在人群的壓力下力圖保持個性的欲望」；林燿德推崇他為「以都市精神（而非僅以都市題材）入詩，並且獲得成就與肯定的第二代都市詩人」。但二〇〇五年返回山林，製茶賣茶，這城鄉的落差與衝擊，何其鴻巨！

林彧的觀察，要將相差三十年的線接上頭才開始。（蕭蕭）

女兒哄

當你懂得回填網路上的足跡；
當你專注地擦抹鮮豔的指甲油；
當你總是對著浴室裡的鏡子皺眉頭；
當你的房門深掩，喃喃私語輕輕流……
我開始慌愁：紅嬰初啼那年忘了為你窖藏一罈好酒。

這是我再熟悉不過的小女娃？
陽光下在我懷中的笑臉燦爛如花。
如今我卻要試著接受你母儀的眼神，
雖則你還只是豆蔻梢頭的青春。
我依然停格在為你剪指甲、綁馬尾的窗旁，
你眸池裡的雲朵已飄到遙遠的藍天上。

是你長得太快，我老得慢？

你開始叮嚀我：少熬夜早點睡覺；
你挑剔起我的穿著：古板；
你以手機追索我：別在車上睡過站……
我無從拒絕的溫婉，
每在孤寂寒夜裡，佳釀為你留一半。

小溪過山，就會找到依附的河流，
走出無憂的長巷，讓你自己走。
山風徐徐，暮色如酒，
來年我將陶醉於金黃秋霞悠悠。
慶幸彼時沒將女兒紅往牆角窩，
微醺時刻，女兒攜酒回家，哄我。

二〇一〇年九月二十一日

選自《嬰兒翻》（印刻，二〇一七）

一棵樹

每個人的心中都要有一棵樹。
扭曲的樹。糾纏的樹。盤繞的樹。
每棵樹都要抽芽。開花。結果。凋落。
遮蔽著天空。篩落下無數光點。

每一棵樹都允以希望。夢想。幻滅。
每一棵樹都懸掛著癡昧。與清澄。
安置著疲憊的心。安置著喜悅的心。
每一棵樹都和每一棵樹有著距離。
互相支撐。互相搶奪。並且。互相孤立。
因為牢固不動。一棵樹遂被走出了許多小路。

墜落的。只是歲月。
老去的卻是不礙事的時間。

一棵樹。因你而生。
一棵樹。因你而死。

二〇一二年九月十四日

選自《一棵樹》（印刻，二〇一九）

世間文法

你使用不及物動詞，拒馬著我；
以抽象名詞，豢養你的憂鬱。
在介系詞與形容詞之間，
精心營造：你嶙峋的孤寂。

無法理解你的造句結構，
我回到世間軌道，循序漸進。
看見椅子，
坐下，休憩；

站起，前行。
不用任何副詞，我的文法：
買進賣出，庸俗一生。

二〇一二年十二月十五日

選自《嬰兒翻》（印刻，二〇一七）

嬰兒翻

翻身後，我像剛滿月的
嬰兒，在復健床上無知地笑著
明明是逐漸撿回被盜的天賦
我卻有種收復失土的吋吋激動

二〇一六年七月二十七日

選自《嬰兒翻》（印刻，二〇一七）

母親睡過的房間

媽媽，天國不用輪椅吧
在你睡過的房間，天花板上
浮現出馬車的影像

媽媽，天國不用柺杖吧
你走後，我替你巡視故園
蹣跚前行，撿拾著你堅定的足跡

媽媽，年過六十，仍然無助地
在暗夜裡，夢囈般呼喚著
這會不會被當成軟弱的男人

傻孩子，屋頂漏水就要修理
你睡過的房間滴落著春雨的叮嚀

可是，媽媽，這回浸濕的是我的眼睛

夜半醒來，雨落，無事。嘈嘈溪聲中，似乎聽見老母在呼喚著：回家吃飯喔

二〇一七年五月二日溪頭

選自《一棵樹》（印刻，二〇一九）

……繼續閱讀／夏日行吟

微風靜悄悄地吹過原野
驟雨，來到水邊就嘎然而止
藍腹鷴叼走童年，隱匿林間
……繼續閱讀

十七歲，開始登高的青春
猙獰與美麗並存，於怪夢中
滾燙六十二年的慾望，是座歇火山

……繼續閱讀

關於愛情，未曾飽饜
關於友誼，始於酒席，終於黎明
關於名利，如簷下竹鈴
……繼續閱讀

無所謂快不快樂，無所謂
悲不悲傷，無所謂
早課之後，夜深獨敲磬音
……繼續閱讀

我們編串殘念，我們蒐集斷片
記憶從來是個深淵
跳下去，升騰一陣輕煙
……繼續閱讀

或有恐懼，或有憂思

你我不如玩耍鐵圈的稚子
轉過街角，只聞風鳴嘶嘶
……繼續閱讀

嘲訕吧，譏諷吧
盡情盡興地吐口水
你所詈指的罪狀，都歸自己
……繼續閱讀

乾雷在霧霾上挪動桌椅
和夏陽開完冗長的會議後
決定：不在薄倖之地哭泣
……繼續閱讀

戰爭終了，和平也結束
物價飛漲，人心卻跌落
不想拉鋸，幾行短句折磨你
……繼續閱讀

……繼續閱讀
……繼續閱讀

二〇一八年六月二日
選自《一棵樹》（印刻，二〇一九）

劉克襄（一九五七——）

評傳

劉克襄（一九五七—），臺中烏日人。文化大學新聞系畢，曾擔任多家報紙媒體副刊編輯，五十歲退休後，在港臺各地任教。現任中央通訊社董事長。年輕時，不斷想從詩裡找到慰藉，卻又帶著詩走訪臺灣各地。八〇年代時，以環保、政治和社會狀態，試圖見證整個時代的脈動。時代過了，以詩為天命的信念，並未自身上退場，反而硬化為背脊上的大椎，繼續山川地理之漫遊。二十一歲出版詩集《河下游》迄今，共有《小鼯鼠的看法》、《最美麗的時候》、《巡山》等七本，另有散文、小說和自然報導等文學創作三十餘部。曾獲臺灣詩獎、時報新詩推薦獎。

劉克襄的第一本詩集《河下游》以「劉資愧」的筆名出版於一九七八年，文學創作生涯也由此展開。服海軍役時隨軍艦在臺海巡行，對海鳥產生興趣，其後觀察鳥類生態也成為他詩文的重要題材。退伍後他先後進入臺灣日報、中國時報、自立晚報等媒體編輯副刊，眼界愈寬。一九八四年他出版第三本詩集《漂鳥的故鄉》，收入所寫政治詩，風靡校園，樹立了他在臺灣詩壇的地位。這一年，他的詩創作成績豐碩，先後獲得時報新詩推荐獎、臺灣現代詩獎。

劉克襄是現代詩人當中跨界書寫最多、表現最亮眼的一位。他從賞鳥出發，進而研究臺灣自然志，他以臺灣的山岳、古道和鐵道旅行發展出來的作品，開拓了臺灣自然文學和旅行文學的新天地；他也寫小說，《風鳥皮諾查》、《座頭鯨赫連麼麼》、《豆鼠三部曲》都備受矚目。從詩出發，到散文、小說、報導文學，他的表現都相當亮眼。不過，這也讓他的詩創作相對銳減。從一九八八年出版詩集《小鼯鼠的看法》之後迄今，僅出版《最美麗的時候》（大田，二〇〇一）、《巡山》（愛詩社，二〇〇八）兩本詩集。

劉克襄的詩，量雖不多，質則有可觀。他的書寫主題，早期較多政治詩、社會詩，後期則多生態詩、旅行詩。他以詩批判戒嚴年代的政治，也以詩和自然生態界的靈魂對話，通過素樸的語言，勾繪人與自然的相處之道，並呈現寧靜、淡泊而又幽渺、深邃的境界，耐人咀嚼。他的詩都是用腳踐履、用眼觀測、用心體悟而來，因而能呈現自然世界與日常生活的真實，打動人心，為讀者開啟全新的視野。（向陽）

玉山登頂

清晨的時候，山羊像我們一樣
小心地走過碎石坡，且寂靜地
嗅聞著冷杉林的蓊鬱
一道炊煙緩緩
昇起山莊的寥落

天空正發送一些寒涼的溫度
讓牠們並肩取暖
大地也分配了一些稀薄的空氣
讓牠們調整步伐

那時，花朵鮮豔地點綴著牠們的驚歎
這時，灌木尖銳地戳刺著牠們的跋涉
遍地的莽莽巨岩則激發了牠們力量的堅毅

清晨的時候，岩鷚像我們一樣
愉悅地佇立在山頂，且肅穆地
如一座大山的莊嚴
更如一等三角點的雍容
學習龐大和開闊
以及，更認識自己的渺小

牠們的羽毛如同我們的髮膚
流露著和諧的色澤
相似的山音
還有，一顆巨大的
質量等同的心

牠們都懂得和流動的雲霧對話
也懂得和冰雪交談
更懂得和所有草原、森林約會
連襟成一波又一波

長長遠遠的山巒

二〇〇一年十月七日

木瓜山

每天，凌晨的最後一刻
那山總會站成全世界最豐滿而堅實的肩膀
讓早起的陽光悄悄地滑下
溜過鯉魚山的肚腹
去輕輕地叫喚整個縱谷
直到海岸山脈露出惺忪的身子

那時，稻田裡的鷺鷥已經伸展翅膀
蔗田裡鬼鼠和環頸雉紛紛抬起頭
連花蓮溪的雁鴨和水牛也睜開眼睛了

而我們搭乘的火車

就在安詳而開闊的舒展中
熱鬧地拉開了黎明的序幕
吉安、壽豐、豐田、萬榮……
喏，這些太平洋黑潮旁邊
肥美名字的小鎮們
一個個都快樂地醒來了

二〇〇二年五月二日
收入《二〇〇三臺灣詩選》（二魚文化，二〇〇四）

我的爸爸和媽媽

媽媽不小心摔傷了
坐在輪椅上
五十多歲的我推著
去看爸爸

爸爸已中風三年

多半時候躺在床上
整個人早就失去任何表情
只能癡呆地望著我們肩後的牆壁

媽媽挨過去，握著他的手
放在自己的臉頰，安慰地說，
「我很快就會好。跟以前
一樣，每天來看你。」

這天下午，他們
在臺中療養院，跟年輕時
一樣，花很長的時間
靠在一起

媽媽知道，自己恐怕難以起身了
還好，爸爸也不知道
媽媽倒下來了

二〇〇八年一月十三日

車過南澳

——追懷林克孝

火車停靠南澳
臺灣最遙遠陌生的山區在窗外
你應該還在那兒

我閉上眼
一個龐然的背影
以熟稔的步伐走過消失的部落
肩著那個世界的美麗和哀愁

一個老人上車
黧黑憂鬱的臉
彷彿經年常在篝火旁枯坐

想必你也會繼續蹲靠旁邊
在黑暗的無邊裡
透過自然的溫煦
期待紋面的祖先給予智慧

走路經過我們常去的巷弄
瞥見那家海產店
還是沒看到你

我想你一定仍在那兒
跟森林的祖靈們商聚
很想把美好的未來帶下山

我在每天下車的辛亥站遠眺
呆望著老家前的中埔山
我們不只想攀越古道
也想穿過這座墓仔埔滿腹的小山
連接臺北的兩端

占卜鳥希利克在周遭鳴啼
接下來你會到哪裡呢
站在北臺灣的森林
每位泰雅人都讓我看見你
每座大山都載著你到處飛行

原載二〇一一年八月十二日《聯合報・副刊》

紅尾伯勞

白露才過的某一黃昏
藉著微微光影翻書
牠的粗獷聲如北方民族的爽朗
捎自窗外的樹林
天色因而有些微蕭索
浸透了暑夏的氣氛

緊接，有一暗棕的閃逝身影
倏忽掠過青草地
枯黃的葉子便增加許多
預示著什麼都不必在乎
唯活著值得愉悅

內心因而有一飽滿的蒼茫
不知是喜或悲
只知被陽光的溫暖最後曬著
枉然的世事變得柔和了
那日的閱讀，因而愈發綺麗

二〇一六年九月十五日

入選《二〇一六臺灣詩選》（二魚文化，二〇一七）

路寒袖（一九五八——）

評傳

路寒袖（王志誠，一九五八—），臺中大甲人。曾任職報紙媒體二十年、大學兼任教授、文建會雜誌《文化視窗》月刊與《鹽分地帶文學》雜誌之總編輯、高雄市與臺中市文化局長。一九九一年出版第一本詩集《早，寒》，之後陸續有《夢的攝影機》、《春天个花蕊》（臺語）、《我的父親是火車司機》等詩集問世。詩作被譜成流行、選舉、社會運動、廣告等各類歌曲逾百首，亦跨界參與西洋歌劇、臺語國樂歌劇、歌舞劇演出，並被運用於流行飲品之包裝，兩個月熱銷一千兩百萬罐。新世紀之後出版詩集《路寒袖臺語詩選》、《忘了，曾經去流浪》（遠景，二〇〇八）、《何時，愛戀到天涯》（遠景，二〇〇九）、《陪我，走過波麗路》（遠景，二〇一〇）、《走在，臺灣的路上》、《看見，靈魂的城市》（遠景，二〇一三）、《那些塵埃落下的地方》（遠景，二〇一四）。

路寒袖就讀臺中一中高二時（一九七五年）就與同好共組文學社團「繆思社」，開始他的文學創作生命。最初希望成為小說家，後接觸現代詩，興趣轉向，詩成為他的創作志業。高中畢業後，一九七七年認識楊逵，並進住東海花園，體悟創作與生活、土地的密不可分。進入東吳大學中文系後，大四那年他跨校創辦《漢廣詩社》，發行《漢廣詩刊》，引起詩壇矚目。

退伍後，他先進入《中國時報》人間副刊，後進入《臺灣日報》副刊掌理編務；其後又被延攬擔任高雄市文化局長、臺中市文化局長，展現了行政長才。

路寒袖的詩，從早期的浪漫、古典出發，中期之後則以寫實主義之筆寫臺灣土地和歷史的創傷；一九九一年後，展開臺語歌詩的書寫，創闢了「臺語雅歌」的新詩路，也扭轉了臺語歌謠長期被視為鄙俗的負面印象，被論者譽為「重拾臺灣歌謠尊嚴的里程碑」、「點燃臺灣新文藝復興的火花」、「臺語文學的深度指標」。他也是創作臺灣政治競選歌詩最多、傳誦最廣大的詞人。跨界、跨域，是以詩介入社會現實、參與政治改革，而又能維持其詩作活力的詩人。（向陽）

因為想妳

因為想妳
世界就歪了一邊
過多的思念沉積在
夜的邊緣
兀自輾轉難眠

風鈴莽撞的將夜叫醒
彷彿妳的笑聲
在峽谷的對岸迴盪
穿過高海拔的箭竹林
震落沁涼的露珠
濕透，夢的殘片

月光自夢境悄悄

上了床，特別亮
我的影子
被擠得好薄好薄
以致，無法
緊緊的抱住妳

我沉甸的喘息
支頤不起厚重的夜
讓剩餘的星暉
傾瀉成一床絲被
好蓋在妳危顫的小小胸巒
起起伏伏的稜線
參差著，水鹿舔舐的痕跡

因為想妳
我總在夢境來去
哪天，我們見了面
我枯竭的靈魂

或許，只剩下飽漲的記憶
而妳，是否還認得出
那始終深深凝視著妳的
啊，我的眼神

原載二〇一〇年五月二十日《聯合報・副刊》

在八卦山遇見賴和

當家裡的米缸再也掏不到明天時
父親牽我的手就成了
一列想快卻跑得很慢的普通車
從童年開出，沿著海岸線南下
甲南清水沙鹿龍井大肚追分
每一站，火車都停下來核對
這些最早在我生命設站的文字
我的食指總在車窗背誦它們
並讓它們迅速倒退來製造回憶

我們的火車到了彰化就停了
父親急需的薪水袋羞愧的
在機務段，等他
（一個臺灣鐵路局的小小火車司機）
像一張超薄型的魔氈
擠下我家待哺的四口後
勉強的在溫飽與飢餓之間低飛

而大佛在八卦山上，等著父親
跟我炫耀他唯一知曉的風景
童年青少年，一直到了青年
我才遇見父親從來不認識的
和仔先，他住在市仔尾
他的山頂沒有大佛
舉目所見，盡是殖民的低氣壓
和仔先走後十八年
大佛才登臨八卦山

趺坐在那裡等著，我跟父親

或許，我奔跑於彰化
渴望一粒肉圓餵飽的童年
不意間，踩到了和仔先
急急趕去看診的腳印
他來不及摩摸我的頭
就大步的，踏進了歷史

很多年後的今天
和仔先的背影依然奮力的前進
在八卦山、彰化公園、媽祖廟、警察署……
在文學崎嶇躓踣的步道
以及，對抗不公不義的人生沙場
而我始終緊緊的追隨

原載二〇一一年二月二十八日《聯合報．副刊》
選自《那些塵埃落下的地方》（遠景，二〇一四）

五十八度的砲彈

高粱擺出盛大的陣容
彷彿整隊完畢的軍團
昂首的，在乾爽的田野
鼓漲著臉頰，銜風禁聲
操演秋日的分列式

它們恣意的吸足陽光
把自己烘熟後
卸下小島多餘的懸念
昇華，凝神，降世
無色而濃烈的
點滴在心頭

每一粒高粱都是

酒精五十八度的炮彈
喜歡出沒在午夜的碉堡
尤其是黯然的冬夜
東北季風吹趴了殘餘的勇氣
就著昏黃而脆弱的意志
炸爆一堆男人的胸膛

這神奇的液體
透明清澈卻摻雜了許多
盡情掉下的淚水
與南腔北調的過時鄉愁
難怪每一口都
嗆辣無比

原載二〇一四年五月六日《聯合報・副刊》
選自《那些塵埃落下的地方》（遠景，二〇一四）

拉不住夕陽

筆吊在岸邊的樹梢沉思
等感情熟透了
以最安靜的姿勢降落
詩被筆直的寫在水上
這些遇水即溶的詩啊
全都交給大海去朗讀了

海用獨特的嗓音唸著
詩是生命的大悲咒
句句無量光明與大願
對岸的觀音聽得入迷
索性，躺了下來
成為大家觀看的山

我年輕的詩喜歡在老街
追捕十九世紀的貿易風
那一船船包藏著
亞熱帶島嶼雨意的茶香
其實從未散去，它們
閒坐在心情的巷弄裡
低迴於岸邊的榕樹下

寒流一來
淡水常常最低溫
低溫中的我
看黃昏的淡水，好鹹啊
我蒼蒼的白髮
拉不住急速下墜的夕陽

原載二〇一四年五月七日《自由時報・副刊》
選自《那些塵埃落下的地方》（遠景，二〇一四）

向玉山

徛佇臺灣上懸的所在
我擱看心愛的土地一擺
予我擱看一擺
每一工天地目睭若褫金
日頭的第一道光線射過來
掀開親像棉席被的雲
雲下跤的雲杉
浮佇霧中一排擱一排
這款美麗的光景
臺灣的心肝噗噗彩

我越頭看時間
伊閃閃爍爍流過飛起來的頭鬃
人生有啥物無仝款

揹著幾十年的風霜
一步一步爬到這個坎站
干焦聽到冷冷的風聲
唯一拄著的是孤單
風若吹，雲就飛
心咧跳，血會流
啥物人欲來唱山頂的歌

我坐佇玉山的山頂尾
天佮地佇遮黏作伙
聽春天叫醒雪
伊翻一个身
化作流佇白雲內底的溪
溪水輕聲細說
沿路甲鳥仔聲收買
歸陣唱歌懸懸低低
唱駕臺灣全島攏是花
唱出臺灣的婧濟濟濟

原載二〇一七年四月九日《聯合報・副刊》

方耀乾（一九五八——）

評傳

方耀乾（一九五八—），臺南人，成功大學臺灣文學博士。現任臺中教育大學臺語系特聘教授兼系主任、十二年國教本土語文領域（閩南原）課綱研修小組總召集人、教育部本土教育委員會委員、教育部本國語文推動會委員、臺灣文學學會理事等。曾任國家語言發展法之研究與規劃主持人、《臺文戰線》及《菅芒花詩刊》發行人兼社長等。詩集有《阮阿母是太空人》、《烏／白》、《臺窩灣擺擺》等十二冊。論著專書有《對邊緣到多元中心：臺語文學ê主體建構》、《臺灣母語文學：少數文學史書寫理論》等六冊。曾獲Pentasi B.終身成就貢獻獎（印度）、世界Mewadev國際文學偶像桂冠獎（印度）、世界人民作家協會頒發全球之光獎（哈薩克）、世界文學交流貢獻獎（蒙古國）、巫永福文學評論獎、榮後臺灣詩人獎、吳濁流文學獎新詩正獎等。詩被翻譯成十幾國語文。

方耀乾可說是集臺語文學創作者、研究者、教育者、編輯者於一身的詩人，也是臺語文學的重要推手之一。一九九七年他發表第一首臺語詩〈上無路用兮儂〉，兩年後出版第一本臺語詩集《阮阿母是太空人》，迄今共出有十二本臺語詩集。他的詩主題多元，親情、愛情之外，舉凡土地生態、臺灣歷史、教育、政治、社會及女性議題，無不納入。他的母語創作，總是力圖召喚臺灣的國族想像，建構臺灣文學的主體性。這與他長期從事臺語文學傳播、教育的目標，也相互呼應。

在書寫技巧上，他受到西方後殖民主義的啟發甚大，無論題材或方法都盡其可能鎔鑄現實主義的精神和現代主義的形式於一爐，透過反思臺灣過去的殖民地經驗，以後殖民思維翻轉、拆解舊有的文化霸權，「逆寫帝國」；他也通過母語的錘鍊、提升與介入，從邊緣發聲，重新丈量臺灣文學的最大領地，開闊了臺語文學的既有格局。（向陽）

斑芝花

佇三月的暝時
欲予恁聽見
釘佇身軀的鼓吹
歕出來的心聲
溫純閣堅決
金色的意志
綴風轉踅
頭捌落地
肢捌斷離
總是毋願珠淚滴
失聲的苦痛欲惟上深上深的
腹內練習發聲
一聲閣一聲
一聲閣一聲

我欲叫做「斑芝花」
毋叫做「木棉花」

佇三月的日時
欲予恁看見
坐佇身軀的神座
迎出來的法相
端莊又閣堅強
金色的意志
像日頭金爍爍
頭捌落地
肢捌斷離
總是毋願珠淚滴
失名的苦痛欲用軟弱無力的
指頭練習寫名
一擺閣一擺
一擺閣一擺
我欲叫做「斑芝花」

毋叫做「木棉花」

二〇〇〇年三月二十四日

伊咧等我

——Siraya 系列之一

艋舺親像箭
射過金色的相思海
風的翼親像伊的喙
唚著我的面
猛掠的痲虱目
佇金色的水裡走鏢
伊講痲虱目是愛情的符仔
一定愛載一船轉去
盈暗佇竹抱跤通佮伊
配月光吞落去

我一定愛載一船轉去
伊一定佇岸邊
西照日點灼伊的目睭
若兩葩熱情的火堆
等我

我一定愛載一船轉去
伊一定佇岸邊
Cocoa 的皮膚金滑柔軟
飽滇的胸前開兩蕊圓仔花
等我

我一定愛載一船轉去
盈暗佮伊
溶做月光
佇竹抱跤

二〇〇五年九月三日

舊心事

就按呢
一步踏入三八〇冬前
臺窩灣的刺桐花
探頭佇熱蘭遮城的牆仔頂
美麗的擺擺未赴有身
血已經染紅麻達的胸坎

就按呢
三五〇冬前
煎虱目魚的芳味
對灶腳對巷仔口
對劍獅面頭前
走揣黃昏的記持

嘛應該有三百冬囉
三寸金蓮 khok-khok-khok
對繡樓踅過半倒的舊厝
嘛有一百冬囉
Kimono 內底的金滑幼軟
堅凍佇和室的褟褟米
哦，六十冬囉
旗袍將腰肢
徛做古董

臺灣衫佇竹篙
無聲無說

巷仔啥攏無講
舊厝啥攏無講
心事共我刺傷
我成做一首鄉愁的詩
佇巷仔底當轉斡的時

附註：描述臺南安平數百年來的歷史演變，同時寓意臺灣歷史的演變。

二〇〇八年三月十五日永康

蘭嶼星夜

今夜蘭嶼做我的枕頭
星斗做我的棉被
我將天星抱佇胸前
互相倚靠
墨色的清風吹來
太平洋抱我
輕輕仔咧搖啊搖
天鵝絨的夜色
竟然遮爾清明燦爛
親像大地誕生之初
佇無限的時空之流

無始無終
無生無死
我隨在因存在而存在
我隨在因滅亡而滅亡
今夜的蘭嶼
是一隻華麗的搖笱

二〇一六年六月四日臺南鳳凰山莊

葫蘆墩的拍殕仔光

想欲掀開
汝青春的面紗
數念汝重巡大大蕊
閣會使目箭的目睭
思慕汝烏戡戡的長頭鬃
佇風中飛舞
沉醉佇妳溫柔迷人的

歌聲裡
汝是我夢中的記持

喔，數百冬來
咱巴宰走對佗位去
咱當時泅水的彼條溪流
咱當時牽手行過的小路
攏予歷史的雲霧掩崁去
咱岸裡社的春天佇佗位
咱高長大漢的兄弟
咱一望無際的樹林
攏予歷史的鐮刀剉掉去

我欲共汝的面紗褫開
在（tshāi）一座永遠的記持
予咱泅水的溪流
現出美麗的腰身
予咱行過的小路

永遠連接過去佮現在

二〇一六年九月二十七日，梅姬風颱之夜
臺中教育大學

葉　莎（一九五九——）

評　傳

葉莎（劉文媛，一九五九——），臺灣桃園人，曾擔任企業管理二十五年、補習班作文教師、攝影學會文宣主任暨詩寫映像教師、新詩報發行人，二〇一八年任乾坤詩刊總編輯迄今。得過桃園縣文藝創作獎、桐花文學獎、臺灣詩學小詩獎、DCC杯全球華語大獎賽優秀獎、二〇一八詩歌界圓桌獎等。

人生的前半場忙於沒有夢的職場，一九九〇年接觸攝影及大自然，於新世紀二〇〇五年開始寫詩，才找到志業，出現於部落格，其後在臉書大量刊載詩作，於網路走紅。中年出道，詩的色澤即鮮麗可讀、光彩奪目，第一本詩集甫出版一週即有六百冊的銷量。短短數年就出版了個人詩集《伐夢》（自印，二〇一三）、《人間》（白象文化，二〇一五）、《時空留痕》（於馬來西亞出版，二〇一六）、《葉莎截句》（秀威，二〇一七）、《七月》（登小樓藝文工作坊，二〇一七）、《陌鹿相逢》（秀威，二〇一七）、《幻所幻截句》（秀威，二〇一八），主編《風過松濤與麥浪——臺港愛情詩精粹》（與秀實合編）、《給蠶：新詩報二〇一六年度詩選》。

「葉莎的詩，善用虛實轉化，情景互涉中，詩意立明」、「藉旅行印象，託寓情感上的坎坷與細密如麻的心事。娓娓道來的諸多情事，似微光般，在旅程中乍現還隱。讀者必須追著光影，始能捕網葉莎的深淺吐納」（喜菡），她的詩自我要求很高，避用晦澀艱深詞彙，拉開相近或拉近相隔事物的能力超強，又無隔閡和難以貼近的距離感，這是她魅力語言及靈動想像超強所致。

寫詩於她其實是一種「伐夢」的過程，既是開墾後半生的夢想也是發掘語言的過程，因此她甚至主張「活用成語」以「讓整個詩歌靈動起來」，比如「一大片黑靜坐／我們對望，談灰飛／和不想被時光煙滅的種種」（〈夜談〉）即是例證。詩於她「也是藥也是路」，既療癒舊傷也是尋找自我的道路，找詩是苦，卻是樂之所在。而看似斷裂的、無夢的、奔波商場工廠的經歷讓她看盡人生百態，於她的詩一定有所助力，她常能由特殊視角切入，「畫面化」看似立體、前後無關的事物，又能由其中牽出一些領會，哲思就隱藏於字裡行間。能深入又往往又懂得如何淺出，在攝影／詩／繪畫三者中尋找相異及相同的元素，架構了她穩固的人生後半場。（白靈）

黃昏調息

按熄心念靜靜躺下
身如大海一襲衣袖寬鬆
過去是一粒扣子
拋遠即是天闊雲闊，飛鳥闊

我的呼吸沉沉
沉入深海最深處和貝類一起
沉入幽黑和無垠的寧靜

若你聽到風動沙動
漣漪動，山中葉子也動
那必是一只小船歸心太急
不巧將你的黃昏打破

二〇一四年

東莒燈塔

因為我划著雲而來
天空才清澈如海嗎
抱緊你，我們自此合體
你用頭顱碰觸我的雲
我的思想就如舟如槳，如波濤

談談花崗岩的過往
沿著螺旋狀往事不停上升再上升
直到與鏡面的記憶相遇

白天時靜默不語
夜晚時難以克制的白熱自己
二萬九千燭光的光力
折射之後，光程遠達31公里

恰巧是鬼域失魂地
而舟子失魂於黑，槳失魂於波濤
波濤失魂於大海，我失魂於你
夜夜閃爍一長兩短的信號
給同樣失魂的水手

分離時，且弓身壓低自己
沿著白色矮牆快速通過
莫讓強風吹散了昨日

二〇一五年十一月八日

截句（選五）

1. 致讀者

昨夜月光成串

我將一座海的滋味
仔細藏好
生為蚵，我只讓你讀殼

2.水窪告示

你若夜行，不要
踩我胸口盛滿的星星
它們收集了小路的蟲鳴
正在練習發聲

3.梅花鹿

將曠野奔跑成風聲
有人記得梅花和小路
詩記得
牠疲倦的蹄子

4.聽過一種鳥聲

一個球，自最深
至最淺的黑不停滾動
在窗前
被一株白杜鵑挽留

5.黑面琵鷺

於我，無一面鏡子不破
無一面鏡子破裂不肯癒合
無一面鏡子之內無魚
無一面鏡子之內無我

二〇一七年

選自《葉莎截句》（秀威，二〇一七）

我們都誤會了舊日

山邊的雲不識中秋

月來不來
眼前的小河不停游移

孤獨的口袋
藏著孤獨的人
留下心聲與世界對談

那些將光陰說成流水的人
都誤會了流水
像單葉的愛情
恨著一切雙飛的麻雀

我棲身的小鎮
不愛團圓
每逢中秋，日光總是濕潤
眼睫斜斜的
破碎了遠山，浮雲和舊日

我們都誤會了舊日
它並不曾老去也不曾離別
連同挽過的話
說過的手，對望的嘴唇
吃過的眼睛

二〇一八年九月二十七日

原載二〇一八年十二月十日《鏡周刊》

極簡風鳥類

1. 高蹺鴴

抬起水花
又放下水花
黃昏在附近咿呀作響

一只竹橋

在風中倒下
又在風中扶起
不提風華，別具風華

在成龍溼地
一隻鳥是一字禪
有人說泥，有人說塵
有人心中有大海
有人心中無浮漚

有人邊走
邊和心中葛藤辯論
不巧被葛藤絆倒

2.反嘴鴴

蘆葦成群開花的季節
牠們結隊發呆

假裝淡定
其實驚疑
我在遠處偷偷的凝望

晚風不過輕聲一嘆
反嘴鴴一哄
而散
刷地拉起一片金光

明明踏入水中漥
爪中全不帶半點泥

二〇一九年十二月五日

孫維民（一九五九——）

評傳

孫維民（一九五九—），出生於嘉義。政大西語系畢業、輔大英文所碩士、成大外文所博士。曾獲臺北文學獎新詩獎、中國時報新詩獎及散文獎、藍星詩刊屈原詩獎、中央日報新詩獎、梁實秋文學獎散文獎、優秀青年詩人獎等。曾任教職，現專事寫作。早期著有詩集《拜波之塔》、《異形》等，新世紀則印行《麒麟》（九歌，二〇〇二）、《日子》（孫維民，二〇一〇）、《地表上》（聯合文學，二〇一六），散文集《所羅門與百合花》、《格子舖》，論文集《艾略特四首四重奏之主題交織》、《米爾頓失樂園的解構閱讀》。

十五歲孫維民從嘉義出發，寫詩，學習西洋文學，雖然作品不多，但質地精粹，引起詩壇矚目。從一開始，孫維民就跟一般感性詩人不同，作為詩人，他有真誠的自覺、堅定的信仰，甚至於相信文學無用論之後的文學之大用；當然，這並不是說，他否定感性，因為他的題材多取自生活、人性的探勘，如最新詩集取名《地表上》，顯示詩人對於今生此地的注視和關切，此外，孫維民的詩作還特別重視音律的調適，體貼讀者閱讀的舒暢。只是他堅持黃金似的質地，表現在詩壇的互動性上，他幾乎是一種絕緣體的存在，從不逐潮追浪，表現在詩作的安置上，他「堅持一種直言不諱的——不與世故妥協的純真」。

一個有潔癖的詩人，最值得一窩蜂的時代珍惜。

評介者說他「文字簡潔具現代感卻又飽富靈性，看似隨興實則細節與布局嚴謹。」以本詩選選錄的〈吃藥的時候〉來見證，簡單的四行詩，前段寫生病的人，一顆藥丸（白色、橢圓形、10mg）對他來說就是溺水人的一根浮木，這是現實的寫照，但筆鋒一轉，卻轉到聖經故事「彼得行走水面」的信心上去，當然也保留了日常生活裡的盼望：身體可以輕盈的在水上行走。

彼得說：「主，如果是你，請叫我從水面上走到你那裡去。」耶穌說：「你來吧。」彼得就從船上下去，在水面上走，要到耶穌那裡去；只因見風甚大，就害怕，將要沉下去，便喊著說：「主啊，救我！」耶穌趕緊伸手拉住他，說：「你這小信的人哪，為什麼疑惑呢？」（《馬太福音》十四章二十八—三十一節）

臺灣現代詩人中，以《聖經》入詩並不多見，孫維民的〈晨禱〉，仍然是極佳的見證，「有時有風或火，有時只有信心帶領」，以植物製造的奇蹟來啟示讀者，不就是「文字簡潔具現代感卻又飽富靈性，看似隨興實則細節與布局嚴謹。」（蕭蕭）

今天的難題

我終於知道蟬一直要說些什麼了
午後，於三棵木麻黃的陰影裡
（樹上缺少金紅糅合的果子
古老的雲經過像鵬鳥
或是外星人的飛航器
安靜如在深水中）
然則只是鬼話
假如我告訴你

選自《麒麟》（九歌，二〇〇二）

懷人1

我想你，但是當然並非是想
電話交談，甚至約定見面——
在一個夜色淫漫的世界，謝謝你
讓我的思緒經常有枝可棲。

選自《麒麟》（九歌，二〇〇二）

吃藥的時候

奮力抓住這一根浮木：
白色、橢圓形、10mg

但你知道，主
我其實渴望在水面行走

晨禱

感謝神讓我早上醒來
目睹植物製造的奇蹟
（比我接近天空、深入地底
它們的禱告更有果效）：
樹幹比昨天粗壯
葉尖垂掛著露水的卵
即將孵育太陽
以及無數個世界。
花朵則穿越黑暗
土石、骸骨、電池、塑膠……
像古代溫柔的使徒
有時有風或火，有時
只有信心帶領

選自《日子》（孫維民，二〇一〇）

三天，三年，或者更久——
當我遊蕩在亂夢的曠野
幾乎掉進絕望的罅隙
準確且安靜地
馨香抵達枝梢

註：有風或火，詩篇一百零四篇第四節：「以風為使者，以火焰為僕役。」另可參見出埃及記第十三章二十一節。

選自《日子》（孫維民，二〇一〇）

麻雀之歌

我又來到你的窗前，像是
昨天那一隻，像是更早——
當春日即將正式開始
觀光客走了又來

當欖仁樹發芽，紅葉
落地如心愛的鉛筆
當車站內擠滿了人
在假期最後一天的下午
當隔壁的男孩在公園投籃
他的同學抵達臉書
當你正在洗米
或者複製文件

當雨滴如尖喙，啄食
陽臺上的玫瑰和蕨類
當垃圾車來了又走
鄰居們帶著謠言回家
當夜色迅速覆蓋了大樓
列車奔馳如火蛇
當男孩收到同學的簡訊
她寫：「真的假的……」
當你抬頭看不見星

雖然知道那只是幻象——
我又來到你的窗前，像是
明天那一隻，像是更晚

雨

雨改變了SEVEN到手機店的距離
這一場午後的雨
雨改變了退休行員到公園的距離

雨改變了左側樓房牆壁的顏色
這一場夏日的雨
雨改變了盾柱木的枝葉的顏色

雨改變了麻雀站在陽臺的姿勢
這一場突然的雨

選自《地表上》（聯合文學，二〇一六）

雨改變了欄杆面向天空的姿勢
雨改變了我對世界的心意
這一場短暫的雨
雨改變了龐大的哲學，微小的心意

選自《地表上》（聯合文學，二〇一六）

瓦歷斯・諾幹（一九六一—）

評傳

瓦歷斯・諾幹（一九六一—），泰雅族北勢群人，生於臺中和平區雙崎部落。曾任教於花蓮縣富里國小、臺中縣梧南國小、臺中市自由國小，兼任靜宜大學、國立成功大學臺文所、國立中興大學中文系。一九八五年開始發表原住民族議題相關之散文與論述，一九九四年返回雙崎部落定居，著力書寫原住民族在近代臺灣歷史的記憶與傷痕。作品以詩、散文、小說為主，著有散文集《永遠的部落》、《番刀出鞘》、《想念族人》、《迷霧之旅：紀錄部落故事的泰雅田野書》；詩集《泰雅・孩子・臺灣心》、《山是一座學校》、《伊能再踏查：記憶部落族群的泰雅詩篇》、《當世界留下二行詩》；短篇小說《城市殘酷》、《戰爭殘酷》、《瓦歷斯微小說》等，並出版有國語文專書《字字珠璣》、《字頭子》。

瓦歷斯・諾幹，邁入詩壇甚早，就讀臺中師專時就開始寫詩，當時使用筆名「柳翱」，直到開始以「瓦歷斯・尤幹」（後正名為「瓦歷斯・諾幹」）之後，重回泰雅族文化的思考，一九八九年作品〈ATAYAL〉（即「泰雅」）獲得「臺灣文學獎」首獎；一九九〇年之後，更投入原住民文化運動，出版《獵人文化》、成立「臺灣原住民人文研究中心」；一九九三年出版第一本詩集《泰雅・孩子・臺灣心》，使他在臺灣現代詩壇作為原住民族詩人的形象更加鮮明。

從一九九〇年代至今三十年，瓦歷斯・諾幹以詩、散文、報導文學、小說和論述，為泰雅部落和臺灣原住民族發聲，也累積了豐碩的成果。他是泰雅族詩人，也是臺灣中堅世代的代表性詩人。白靈在《新詩二十家》中指出，瓦歷斯・諾幹的詩「毫無受欺族群自哀自憐的無奈感，反而能從久遠的神話和傳說中，去體認做為大霸尖山子民的壯偉和驕傲，他的語言自然親切，毫不生澀，表現手法多元，兼得現代主義和抒情傳統之技巧與美感，意象清晰準確悠美，讀來予人一種深刻的感動，極為難得。」這段話允當地對瓦歷斯・諾幹的作品做了定位。

瓦歷斯・諾幹近二十年來也關注全球化和在地化的議題，並提倡「二行詩」。他的詩在表現臺灣原住民特有的文化、原住民族集體記憶的深層結構之外，也具有後殖民文學的抵抗精神；他擅長使用原住民族神話、傳說，經營魔幻想像，又能善用原住民歌謠的重沓唱腔，轉為詩節，使他的詩既具奇詭意象，又兼獨特的聲韻。

瓦歷斯・諾幹不僅為原住民文學創造了詩與想像的空間，也為臺灣現代詩的輿圖標誌出了獨特且不可或缺的經緯線。（向陽）

擬〈歡樂頌〉

〔本事〕：美軍轟炸巴格達停火之後，一位女孩只能無聊的在炸彈襲擊過的街弄玩遊戲。

在巴格達南郊
（打賭你看不到）
在一輛被炸毀的卡車旁
（你看不到我爸爸）
在一枚飛彈吻過的城市
（你看不到我妹妹）
在阿拉不及反應的時刻
（你也看不到我媽媽）
我在生命與死亡並轡前進的路上
（你看到了嗎？近一點，再近一點）

我與遊戲歡快直面的與死神嬉鬧著

通往天堂的道路

——在所羅門島

〔本事〕：二〇〇六年三月，所羅門島發生騷動，這些騷亂特別是針對華人，看了幾篇相關的報導之後，寫下了這樣的一首詩，試著從當地人的視野觀看一座夢想中的天堂歲月。

爸爸要帶著我們一家人來到夢想中的天堂

從悶熱的鐵皮屋出發
爸爸帶著長刀
媽媽肩揹野餐包袱
我只想帶著游泳圈
但貧窮像黑夜
阻止了我的願望
弟弟像隻小蜥蜴

原載二〇〇八年八月《聯合文學》二八六期

攀過炙熱的砂石路
爸爸要帶著我們一家人來到金黃色的沙灘

穿過士兵一樣的椰子樹
爸爸毀了一棟家屋
媽媽收起廚櫃的食物
我只想帶著泳褲
但飢餓像潮水
衝垮了我的夢想
弟弟學著狡猾的老鼠
舔著主人留下的糖霜

爸爸終於帶著我們一家人來到「天堂飯店」

經過玻璃碎屑的自轉大門
爸爸歡呼著直奔海灘
媽媽在躺椅望著天空

我跳下湛藍的泳池
苦難也暫時失蹤
弟弟卻像貓
哲學的癱在窗臺
看著遼闊的海洋發問著：
海洋為什麼像耶穌亮起了藍色的淚水？

原載二〇〇八年八月《聯合文學》二八六期

書房

部落老婦從窗邊經過，絕早的晨光中，婦人肯定發覺我徹夜未眠，雖然我不是公主，但還是關心的問：還沒睡？是啊！一把書房的拆信刀也不能將山稜劃出暗夜，我只是在辭海的字字句句中，摸索人生的答案。

一張或大或小的書桌，桌上有喜愛的書，迴紋針將書頁烙下愛欲的印記、光碟片隱藏不為人知的祕密、電腦成為當代黑夜的發光體，還有甚麼是書房所沒有的呢？抽屜是一盒盒獨立的世界，但我仍然獨厚這一本本筆記，它是我的書房的小心臟。

1. **拆信刀**

山稜劃開暗夜
祕密洩漏下來

2. **辭海**

辭別寬闊的海洋之後
文字的陸地嶙峋升起

3. **迴紋針**

親愛的，讓我一次收攏
你一個壞習慣，好嗎？

4. **桌子**

世界失去了桌子，桌子就失去了文件
文件失去了簽署，戰爭就失去了世界

5. **書**

我很驚訝無人揭露人類最終的命運
將凝縮成一本書裡微不足道的蠹魚

6. **光碟片**

當地球成為一張薄薄的光碟，上帝
抽換銀河系的命運就更加輕而易舉

7. **抽屜**

每個抽屜都是平行而獨立的宇宙
父親，我在哪個編碼的抽屜裡？

8. **筆記本**

小綠人孩子兵　孕婦↑獅子山　心愛的
夜晚 04:30 救援  海邊　鎮西堡

9.電腦

雲端系統，再升
級，就是天堂？

10.答錄機

缺席的公義
……你好嗎？

原載二〇一〇年七月十七日《聯合報・副刊》

來到 Kipatauw 的 Pataauw[1]

乘著歷史的煙霧
我又來到心愛的 Kipatauw

確認是我心儀的硫礦坑
周圍失怙的竹屋地基
確認是族人留下的標誌
那些隨風而逝的名字
你也許看不見
他們刻印在葉脈上
用四季的流轉
確認微小的存在

這煙霧既迷離又豐盈
族人始於候鳥，蛻變為留鳥
從Sanasai[2]祖居地，逃離
山魈的侵擾，乘著大船
來到鞍番港，日漸繁衍的子孫
縮攏土地，我們埋石為誓
抽到短草莖的族人上山
成為高山族的族人，請勿
掠殺抽到長草莖的族人

我們都是 Sanasai 的好兄弟

沿著西班牙宣教師 Jacinto Esquivel
涉足的 Kimazon[3] 小支流前進
Kipatao 社八九個部落早已杳然無蹤
美輪美奐的溫泉旅館冒長氤氳
以硫磺交換的毛氈、瑪瑙珠、手釧
與響鈴，或許已越過黑水溝
來到被八國聯軍焚毀的圓明園
那是以一枚之氈，交易
五百七十斤之硫的歲月
時光以霧散的速度走失

走失的從來不僅僅是薄薄的時光
郁永河喜歡的硫磺，族人親身
以指試探的溫泉，大磺嘴還有
「清郁永河採硫處」一石碑
馬偕醫生悲憫受祝融之災的族人

興建融合東西方文化的「北投教會」
他們如山谷的煙霧，隨朝陽升起
而煙消雲散，只剩保德宮供奉的
「番仔王爺廟」，石雕土地公像背後
刻鑿的「平埔社」三個大字
如今棄置的帳篷流浪，啊
多像凱達格蘭族流浪的地名

我們的流浪很少是浪漫的旅行
一手聖經一手槍枝的西班牙人
叫我們流浪到宜蘭
趕著旱的漢人，叫我們流浪
到山地。頂著一顆太陽的總督府
看上三層崎質地優美的白土
就讓我們流浪到環境惡劣的磺區
等到捷運線深入到新北投
最浪漫的旅程來到了終點
我們化身細若游絲的血液

駐紮在西洋、東洋與福佬客的身體
會不會，有一天出現在月球上
阿利斯塔克環形山[4]中較暗的地區

當我乘著歷史的煙霧前來
我又來到心愛的 Kipatauw
讓我呼喚消失的社群
如默念這大地的勳章：
三貂、大雞籠、金包里、小雞籠
圭北屯、八里坌、北投、毛少翁
峰仔峙、錫口、里族、搭搭攸⋯⋯
我也喜歡呼喚心愛的族人
就像一次又一次擦亮黑夜的星芒：
拔山、大武臘、加里、己生
君孝、歐灣、五合、陞紀、武朗
林烏凸、登雲璦、潘文璦、潘宗林⋯⋯

註1：Kipatauw，為臺灣清領時期平埔族之凱達格蘭族中的一社。「北投」發音為 Patauw，巴賽語為女巫的意思。

註2：Sanasai 為太平洋中一個島嶼的名稱，傳說是幾個原住民族、平埔族漂洋過海來臺灣之前的故鄉。

註3：為今日的淡水河。

註4：阿里斯塔克斯隕石坑位於阿里斯塔克斯高原的東南方，附近有為數不少的火山活動地征，如蜿蜒的月溪。一九一一年，Professor 羅伯特・W・伍德運用紫外線攝像技術對隕石坑進行觀測。他觀察到阿里斯塔克斯高原附近有不同尋常的紫外線反應，並且北邊的區域似乎有硫元素儲藏的可能性。這個明亮的區域有時被稱為「伍德斑」。

原載二〇一六年十二月二十六日《聯合報・副刊》

香石竹

讓我像個正在學習愛的孩子
體察你一年四季散放的花開

常綠亞灌木，多年生的宿根
大地的胎動孕育生命的種子
偶而驚喜地看見妊娠紋
如花瓣次第展開的生命線
第一個孩子在火熱的夏天
誕生，隨即被貧窮扼殺
我看見你眼睛蓄含的淚珠
像祖靈在五〇年代的部落
垂降滋潤大地的雨水，雨水
讓你的莖叢生如森林，質地
堅硬如一座八雅鞍部山脈
就在山脈的裂隙，遠遠的
揹簍的影像，用你的兩肩
撐起六〇年代才有的苦難
廉價的柴薪、沾土的木薯
還有三歲、五歲的弟妹
他們睜開好奇的眼睛
有如一場歡樂的遠足課

等到我初為人父，記憶
從時光的甬道泛出鬱金香
那不規則的花瓣，有齒的
邊緣，妳一直都帶在身上
直到時光的齒輪輾上你的臉
壓出萼下菱狀卵形小苞片四枚
不論單瓣或是重瓣，**YAYA**
你自身就是一株香石竹

註：YAYA，泰雅語，母親。

二〇一八年臺中市百花詩展

陳克華（一九六一——）

評傳

陳克華（一九六一——）生於臺灣花蓮，祖籍山東汶上。畢業於臺北醫學大學醫學系，美國哈佛醫學院博士後研究，日本東京醫科齒科大學眼科交換學者。現任臺北市榮民總醫院眼科部眼角膜科主任。

創作範圍包括新詩、歌詞、專欄、散文、視覺，以及舞臺。曾任《現代詩》復刊主編，現代詩作品與歌詞曾獲多項全國性文學大獎。文學創作五十餘冊，作品並被翻譯為德、英、日、韓等多國語言，另有日文詩集《無明之淚》、德文詩集《此刻沒有嬰兒誕生》。詩歌吟唱有聲出版品《凝視》、《日出》。歌詞創作一百多首，演唱歌手有蘇芮、蔡琴、齊豫、張韶涵，以及趙薇。近年創作範圍擴及繪畫、數位輸出、攝影、書法與多媒材。新世紀出版詩集有《一》（釀出版，二〇一五）、《花與淚與河流》（書林，二〇一五）、《你便是我所有詩與不能詩的時刻》（斑馬線文庫，二〇一七）、《與騎鯨少年相遇：陳克華的「詩想」》（臺灣商務，二〇一八）、《嘴臉》（斑馬線文庫，二〇一八）、《鬼入門》（釀出版，二〇一九）等。

也許是醫師的職業背景，陳克華的詩常出現類解剖視角，如選入的這組詩多關係身體器官，常被歸類為情色詩。

情色詩有什麼好談的？如果文本不是有性慾之外的意圖，情色詩會比春宮畫、器官秀或黃色電影有看頭嗎？重點毋寧是情色背後所隱含的政治性。詩人書寫情色或性愛描繪，常是一種道德、良知的覺醒，更是一種叛逆，對道德禮教的反抗。他們試圖通過情色詩，號召受到壓制的族群如同性戀、戀物癖、自戀癖……揭竿起義，反叛霸權話語，這是一種關乎身體的權力爭奪戰。

上世紀九〇年代起，陳克華開始顛覆性交的生產意義，或繁殖功能，逼迫讀者正視肉體，正視另類情慾。這是一種意識形態的撞擊，企圖撞開道德的尺度，和謊言的範圍。

陳克華驚世駭俗的詩作，故意引頸伸向泛道德、泛政治的斷頭臺，似乎凡是充滿叛逆的頭顱就只欠一砍。其實這些詩都帶著憤怒的表情，睥睨世俗，睥睨謊話。當我們生活以共的城市被偽道德、假道學包圍，困坐圍城裡，突圍而出的策略是不道德，只有誠實地不道德才是真正的良知與道德。（焦桐）

城東物語

多年以後我還經常記起
那條向東奔向一座國際機場
之後終止於海灣一個小鎮的鐵路線。記憶
彷彿有自己的意志
我甚至對其中一座城
已經完全記憶泯渙
卻依然記得離城的東線上
的每一站

都奇異底相似：
總是出口的鋼鐵閘口外
緊密連結著一串商店，百貨公司，巴士站，咖啡店
和一大片幾乎渺無人煙的廣場

廣場再過去連結更大片的
失去地形座標的虛無——是世界的邊緣？
我總是直覺避開那個方向
下車直接走向咖啡店

那扇門總像抗拒著什麼似地
緊閉
又技巧地讓我不費吹灰之力
推開——
我總是點了咖啡事實上
無論我點了什麼
黑色液體總立即石油般
從天花板上某根管子裡掉出來
像某種外星生物的胚胎
黏滑底一大包，咕咚一聲
落在我結實承接的杯裡——

一樓，上班時間依然擁擠著蒼綠色的人群
衣冠楚楚並飄著淡淡的難民氣息
令人想起最早期出現科幻電影中的外星人
他們用報紙和豎直的衣領把臉遮住
皮膚因為不適應地球的空氣而浮腫潰爛
他們故作無事狀懷中各自躺著關靜音的手機
像揣著一把把溼冷阻塞的手槍；

（沒有座位）

我端著咖啡上到二樓
擁擠著狠狠抽煙的女士小姐們
她們有如被撈上岸很久的魚
眼光停滯
彷彿警戒地環顧四週
但其實根本什麼也沒在看
只以不斷吐出的煙圈化成鐵蒺籬圈
層層阻擋並驅離我

：走開，走開，這是女人專屬的水族缸集中營；

（沒有座位）

我端著咖啡上到三樓
三樓擁擠著狼狽的牲畜，鷄鴨，牛，馬，羊和豬
他們彷彿有個嚴肅的集會
不斷地彼此耳鬢廝磨
又不斷彼此嚎叫嘶鳴
又不斷痛苦翻滾死去
就在我面前一一被抬下樓去
經過時我聞到一股屠宰場料草和血液的腥味
陳舊糞便和新鮮屍體混合的檀香；

（沒有座位）

我繼續端著咖啡上到四樓
四樓什麼也沒有。

沒有座位。

二〇一八年

身體真好吃

——人們只是感覺到日常的一切都有點兒不對，不對到恐怖的程度。（張愛玲）

1，痔瘡流血的早餐

早餐時我吃著核桃獨自思考一個問題：人體
什麼構造最像核桃？松果體？前列腺？
答案該不會是——是——是早餐前我發現我的屁股
染紅了馬桶的白色搪瓷
像一抹紅色顏料
滴落在嶄新畫布像前夜吃了一肚子的火龍果結果
腹瀉但其實只是痔瘡在流血

我摸到了
一顆核桃掉出了我的肛門我的手
摸到了糞便和血我的脊椎開始顫抖一股劇痛
循環著我的大週天我我我的
小週天我我我的大大小小週天
沿脊椎直上囟門我的天天天天
——之後我吃著核桃痔瘡一般的核桃
被切下的核桃等一下聽說痔瘡可以推回去
用手推回去就好不必開刀切下可是
我已經吃下了我的痔瘡所謂十男九痔
為什麼有這樣的性別差異我偏偏就是那
第十個我要優雅地吃著我的早餐久久屁股動也不動
我要全世界誰也不知道我屁股底下有核桃

二〇一九年六月十七日

2，子宮肌瘤的午餐

幾個女人在餐廳裡大聲談論子宮肌瘤

她們點了子宮肌瘤當作主餐只要三分熟帶血
子宮肌瘤正當季嗎有人反對過早採收
佐以蘑菇醬還是黑椒椒沒關係還有綜合醬
她們很快吃光了自己的子宮肌瘤但仍不想離開
她們繼續談論手術傷口內視鏡麻醉藥和最後一位醫生
她們像談論選餐廳做一道菜那樣切開了子宮肌瘤
「麻藥下太重了……」導致嚐起來太過死鹹
「最好的方式是任其自然枯萎…」有人努力
把談話提高至哲學的層次但很快又掉回餐桌
終於全餐廳都嚐過了她們的子宮肌瘤老實說味道
還不難吃但因為她們全都割掉了子宮肌瘤
她們說話那麼大聲其實是害怕有人會質疑她們
還是不是女人？她們難道從自己身上還看不出來
子宮肌瘤是缺乏愛是不被愛的後遺症嗎？她們
不知道子宮無能於感受愛
或給不出愛是會自暴自棄的嗎？
難道她們從男人提起褲子付帳的方式
看不出來

她們她們她們究竟為什麼
會得子宮肌瘤嗎？

二〇一九年六月十六日

3，攝護腺肥大的晚餐

幾個年過五旬的老男人偷偷在談論他們的攝護腺
肥大，他們終於到了身體什麼都變肥
只有陰莖變小的年紀他們各自掏出自己的
陰莖有些困難地指出切除攝護腺的位置：「攝護腺吃起來
脆脆的有點小黃瓜的質感……」涼拌或是簡單
過水川燙一下即可上桌像他們的嘴唇
切切倒有一大盤含著濃稠的口沫
他們低頭圍成一圈摸個八圈十圈彷彿
預習著自己的告別式：「你知道攝護腺液曾經
是精液裡的主要成分嗎？」有人哀悼有人企圖
將談話的高度提昇至人性的層次但終究掉回牌桌上
難道他們不知道攝護腺肥大是因為手淫過度或

手淫後憋住不射的緣故嗎？難道他們以為他們的女人
不知道他們在廁所裡看手機手淫之後
還故作無事狀而且很多年很多年都心照不宣不說破
才是他們攝護腺肥大的真正的原因嗎？

二〇一九年六月十七日

4，菜花盛開的宵夜

一起吃宵夜時他發現對方臉上有一顆菜花。
「你是說這顆疣嗎？」對方說。或者對方
會試圖用手指摳掉它說那是痣。
是小肉瘤。是色素斑。肉芽。角質增生。但他很確定
那。就。是。一。顆。菜。花。——「
你知道菜花會隔空傳染嗎？」也就是說你咳嗽
或打個噴嚏或使個眼神
或光只是坐著呼吸，就有可能把菜花
從空氣中傳給別人你知道嗎？——你知道嗎？
他看著對方感覺自己的嘴角鼻毛或臼齒附近不斷

長出菜花許許多多新鮮可口的菜花：「
菜花切丁和豆腐一起燉
加個滷包即可……」請注意是菜花
而非花菜喔——他們低頭吃著同一鍋菜花
知道菜花永遠除之不盡
只要還在做愛做完愛吃宵夜
「那隔著網路也會傳染菜花嗎？……」譬如點個贊
或留言或隨便封鎖別人就會得到對方的菜花嗎？
這裡難道從沒有人論及菜花的精神性嗎？
難道在身體的潮溼低陷處就永遠沒有
神聖的精神性只有菜花嗎？

二〇一九年六月六日
二〇一九年六月二十三日

楊小濱（一九六三——）

評傳

楊小濱（一九六三—），生於上海，一九九六年獲耶魯大學博士。二〇〇六年起任中央研究院文哲所研究員，政治大學臺文所兼任教授。曾任《現代詩》、《現在詩》主編，現任《兩岸詩》總編輯。著有詩集《穿越陽光地帶》、《為女太陽乾杯》（傷物，二〇一一）、《蹤跡與塗抹》（觀念藝術與抽象詩集，傷物，二〇一二）、《楊小濱詩×3》（釀出版，二〇一四）、《到海巢去》（印刻，二〇一五）、《洗澡課》（華東師大，二〇一七）；論著《否定的美學》、《中國後現代》、《語言的放逐》、《迷宮‧雜耍‧亂彈》、《感性的形式》、《欲望與絕爽》、《你想了解的侯孝賢、楊德昌、蔡明亮（但又沒敢問拉岡的）》等。曾獲現代詩社第一本詩集獎、胡適詩歌獎、納吉‧阿曼國際文學獎等。近年在兩岸各地及北美舉辦「塗抹與蹤跡」、「後廢墟主義」等藝術展。

一九九〇年代楊小濱進入臺灣詩壇，參與詩刊編輯，並將中國大陸當代優秀詩人詩作介紹到臺灣。在一篇自述中他提出「幽靈主義寫作」的觀點：寫作是從記憶中篩漏出無數幽靈，一首詩是一個說唱的幽靈、表演的幽靈。他重視詩的節奏、速度，更講究語言的表情、姿態、動作。他的詩富有表演性——以戲劇化、變形的事物驅遣文字、駕馭意象，藉翻轉語意以發掘微妙詩意，重新界定萬事萬物，看似調侃的語氣實蘊含人生的思索。一系列「主義」、「指南」的詩作是其鮮明標籤。

〈後事指南〉的敘事者是一個剛死的人，以死者的口吻表述死這件事，包括生者對死者的情緒，死者對人生的眷戀。詩人挑戰倫理認知，令人體會一種五味雜陳的心理情境，箇中帶有荒誕的、殘忍的色調。〈末日指南〉、〈大爆炸指南〉，也都有以輕馭重的遊戲性。〈我們走在女路上〉則選自另一個系列（對「女世界」的抒發），將陽光、強吻、抽打的主體交給女性，男人則是被撲倒、被抱緊、被招手，無所逃於女路。如這般顛覆既有觀念，既見創新思維，亦可領略楊小濱造反滑稽的表現手法。（陳義芝）

末日指南

像世界含在上帝嘴裡，
一顆糖融成甜。
你也是我的滋味，
是虛無的禮物。

暗下去之後，我
摸不到你。在一場
大火紛飛前，只有
良辰是不夠的。

在遊船上看煉獄
有美景。戴煙花
就吻成新公主。
如果燙舌頭，也猜

愛情是潑辣的。

你睡在淫蕩搖籃里，
我唱愚人曲。末日
霞光萬道，你
從風景畫上離去。
消失前，我吞下未來花。

原載二〇一二年九月二十五日《自由時報》

後事指南

我剛死的時候，他們
都怪我走得太匆忙。

其實，我也是第一次死，
忘了帶錢包和鑰匙。
「一會兒就回來，」

我隨手關上嘴巴，熄掉
喉嚨深處的陽光。

我想下次還可以死得再好看些。
至少，要記得在夢裡
洗乾淨全身的毛刺。

後來，我有點唱不出聲。
我突然想醒過來，但
他們覺得我還是死了的好，
就點了些火，慶祝我的沉默。

原載二〇一二年九月二十六日《中國時報・人間副刊》

大爆炸指南

宇宙在哪呢？宇宙不見了。
剛才我還在口袋裡摸到它。

宇宙有時候不乖，就捏在手心裡。
我捨不得送人的宇宙。

讓它無限膨脹，出洋相，這樣
宇宙就更自以為了不起。

它笑了，宇宙它居然笑了。
這是一個什麼世界啊。

我閉上眼睛，宇宙就籠罩我。
我一張嘴，宇宙會唱起來。

我恨它，就像恨我的影子。
天空暗下來，我開始懷念它。

宇宙真的不見了，是掉在了路上？
一回頭，宇宙爆炸了。

我們走在女路上

遠遠跑來一條路，她用陽光
撲倒了我。但我的老年
根本看不上她積雨的鎖骨。

被強吻時，我嘔出了路的汁液。
春天，路擰乾後更加沒趣。
一踩秀髮，我就跌入蜘蛛地圖。

路抱緊我，仿佛我是她的恨；
路抽打我的步伐，像玩波浪鼓。

她招展的舌為我指方向：
「過了晴天，不再會有江湖。」

原載二〇一三年七月十日《聯合報》

我看不見正前方，因為路扭扭
捏捏，好像光明會有劇毒。
但遠遠地，另一條路在招手：
她的笑容也在另一邊，看上去像哭。
原載二〇一三年八月二十二日《聯合報》

鋸木廠的冬天

鋸齒長，白晝短。
廠長把森林捆起來堆到河岸上。
小瀑布暗藏魚玄機，順枯枝
偷偷吟詩，一邊磨牙
一邊吮吸融冰。
廠長夢見從樹皮下鋸出小康，
聽北風，也一樣嘶啞，

好像木屑卡在舌根。
雪要給冬天潤喉，卻忘了
鶺鴒的清脆嗓門是怎樣練成的。
廠長獨自爬出削片機，
滿身裂痕，好像雪山的佈景
在切分音下陷入迷狂和呢喃。

原載二〇一六年五月二日《自由時報》

羅任玲（一九六三——）

評傳

羅任玲（一九六三—），臺灣師範大學文學碩士。曾任中學教師、《中央日報》「文心藝坊」專刊主編、副刊中心組長，聯合報系記者、大學講師等。作品曾獲第六及十二屆梁實秋文學獎、二〇一七臺灣年度詩獎。繼詩集《密碼》、《逆光飛行》、散文集《光之留顏》之後，新世紀出版了詩集《一整座海洋的靜寂》（爾雅，二〇一二）、《初生的白》（聯經，二〇一七），以及評論集《臺灣現代詩自然美學》（爾雅，二〇〇五），二〇二〇年則推出散文集《穿越銀夜的靈魂》。

羅任玲是早慧的，十一歲即開始寫詩，但愛惜筆墨，不強出手。其早年的詩作孤冷黯沉，近於灰黑，新世紀後的作品靈犀跳盪，多了光和白，偶現飛躍之色線。二〇一七臺灣「年度詩獎」對她的讚辭說：「大至一頂天宇一座海，小至一井流泉一尾鳥巢，乃至潛鯨或蝶影，大自然在其詩中像是一本天書，跳躍靈動色澤飛躍之下卻如夢似幻，處處充滿了象徵灰黑的陰影和生死的寓意。『詩是夢中的真實』是她不移的信念，冷眼塵寰飛舞和飛滅，偶或波瀾卻能快速定靜。近作揉詩體與散文詩體於一處，創新形式，運思開展更為自由，語言縱跳自如隨心，鏡頭光與黑交織、動和靜互動相談，為自然寫作開拓了新境。」這與她二〇〇四年在碩論中對臺灣現代詩涉及大自然的研探或有關（二〇〇五年由爾雅出版），深明在社群、都市、性別、網路、政治等議題之外，詩之「自然美學」有極大開發的價值和空間，並理解「熱愛大自然，常以自然入詩」、使自身「具有成熟的個人風格及自然美學觀」極端的重要。此論集從抽象與現實的對比、融通專論楊牧，從「藍色美學」與「白色美學」的角度專論鄭愁予，從二元對立與和諧的觀點專論周夢蝶，並比較三詩人的自然美學特色，提出此議題繼續深究之可能性，而羅任玲此後的詩和散文即融通三者的實踐。

比如入選的〈匿名者〉即其力作，探索虛幻與現實互位的可能、死生究竟、時間和生活斷片之糾葛，而她的人生觀則見於〈井〉一詩，「冷眼看世界飛舞和飛滅，心再波瀾卻自能定靜，如俯身下看的海，如深藏地底數丈的井，其中隱藏的眼，深不可測。」（白靈）

匿名者

你在大廈中心發現一座曠野，匿名者隱身其中，一座交織的網路。
每日午休時分，你穿越昏睡的羊群，來到匿名者身邊。
「以牧羊人之名，」他說：「你當渴飲時間之血，此地終將花繁葉茂。」
你瞥見廢棄的電梯間，沒有燈光，一切都已止息。
看管電梯的老者，白色鬚髮糾結而上，緊緊將梯門纏繞。
他們都睡著了，而他們並不知道，依然維持打卡的姿勢，
他們不知道，卡打進大廈心臟裡，廣漠無垠的荒野。
唯一醒著的一名孩童，尖叫著，向未來奔去，
而且迅速衰老，彎折，成為骸骨。
你走向地下室，數千輛昏寐的賓士喃喃發出夢囈：
「洪水來了太久，終於忘記回家的路……」
「而你究竟要找尋什麼？為何不和其他羊群一樣，沉沉睡去？」
空中傳來匿名者的聲音，無所不在與一切同在的匿名者啊。
你試圖抓住漂流而過的微笑、黑函與名片，

但它們都消失了，徹底地，
你，只好和僅存的記憶，一同泅向未知的彼岸。

為了迴避嗜血的光速，抵達時，已是落雪的黃昏。
一列送葬的隊伍正從眼前經過
他們歡樂地，將眼淚拋向開啟的天空
「你看見了嗎？真正的天空。」
你惶惑地抬頭，春日的雪花落在肌膚上
晶瑩、潔白而冰涼
「有一天，綠芽將從你的靈魂長出來，變成一座森林。」
「夏天來臨時，它們會結好吃的果子。」
「秋天，金黃的回憶覆蓋所有葉片。」
「然後，就是現在了，匿名者將邀請知曉秘密的人一同前來。」
你望著走向天邊的行列，隱身其中的匿名者
月光　飛鳥　以及永在的遠方
永在的此刻

那終究是此生，無法言說的幸福了……

井

飛瀑湧動的眼睛
航行著億萬個夏日
對誰說說話啊
這巨大如謎的人生
鏡照著自己
波紋冷冽的臉
忽然藍天就來了
忽然是馬
奔騰過蔭涼的蟬鳴
未曾命名的顫慄
忽然是風

二〇〇二年

選自《一整座海洋的靜寂》（爾雅，二〇一二）

鼓譟飛逝的永恆
忽然是
一方折疊的手帕
向深不可測的綠野
訴說昨日
以及昨日
的昨日
誰在深深的井裡眼裡夏日裡
滴滴滴滴一字一字打下
無可奉告的
相遇

二〇〇四年

選自《一整座海洋的靜寂》（爾雅，二〇一二）

微塵

一朵花
照見了自己的陰影
歲月的鐵幕
那黑且深長的峽溝
日晷　山陵

一朵花
拖曳一整個毀壞的夏天
在睡眠中
涉入了自己
顫動不為人知的意義
那永不厭棄的內裡
廢棄的零件
冰川與雪山

愛與死
青春與微塵

在鉛錘的時間之下
一朵花
無人觸及
不知語詞為何物
默默描繪
搏鬥過的污泥
看不見的猛虎
自己的博物館

穿過多餘
一朵花
還原為遼闊
祕密的核心
被一個偶然命中
在此刻

那多餘的他者
攝下了祂
不哭也不笑
為大地鋪好了床衾

櫻樹

我願意這樣長長
久久坐在一棵櫻樹下
（夕陽為她鬆上好看的薄衣）
當有人問她的名字
晚風把它說出來

二〇一三年

選自《初生的白》（聯經，二〇一七）

有人問荒蕪的籬舍
她的手探向昨日虛空

還有人問起死亡
她垂首卻不發一語

至於一些
更久以前破損的世界

曾經逃逸又回來的
花，葉，果實

她不說出來的那些
完整和自由

當夜霧籠罩
春寒的雀鳥棲身

在孤獨與愛的懷裡
（那些遼闊的夢的荒野）

星星是亮的
露水也是

秋天的世界

那些年夏天
母親腳踏著縫紉機的下午

我在午夢後面撿拾著
白雲和蟬聲的拼布

二〇一六年
選自《初生的白》（聯經，二〇一七）

小碎花高音、格子中音
更多時候也只是靜靜看著
忽然就飄起來的微風
母親好看的背影

院子裡收穫玫瑰的芬芳
吹動剛剛睡醒的記憶

秋途久久不來

海的窗帘飄了一個夏天
漸漸飄成黃昏的顏色

而今母親踩踏著晚霞的縫紉機
用背影織出飛鳥給我看

（玄祕，永恆，未曾命名）

秋天的世界空掉了一半
那麼幽深的洞穴
只有蟬聲
在黑暗中嘶鳴

二〇一六年
選自《初生的白》（聯經，二〇一七）

辛金順（一九六三——）

評傳

辛金順（一九六三—），另有筆名辛吟松，生於馬來西亞吉蘭丹州，國立中正大學中國文學博士。曾任教於臺灣國立中正大學和南華大學、馬來西亞拉曼大學中文系等。作品曾獲新加坡方修文學獎新詩和散文首獎、馬來西亞海鷗文學獎新詩首獎和散文特優獎、中國時報新詩首獎、臺北文學獎新詩首獎和散文優選獎、中央日報新詩評審獎、梁實秋散文特優獎等，二〇二〇年以詩集《國語》獲第四屆周夢蝶詩獎。

辛金順繼《風起的時候》、《最後的家園》二詩集後，要相隔十二年，到新世紀，才「詩性」大爆發，陸續出版了《詩圖誌》（馬華文學館，二〇〇九）、《記憶書冊》（馬華文學館，二〇一〇）、《說話》（（馬）有人，二〇一一）、《注音》（釀出版，二〇一三）、《在遠方》（（馬）有人，二〇一三）、《時光》（（馬）有人，二〇一五）、《詩/畫：對話》（釀出版，二〇一六）、《詞語》（（馬）有人，二〇一八）、《拼貼：馬來西亞》（（馬）有人，二〇一九）》等詩集。另有《月光照不回的路》、《家國之幻》等五本散文集、《中國現代小說的國族書寫——以身體隱喻為觀察核心》等三本學術專著，及主編《時代、典律、本土性：馬華現代詩國際學術研討會論文集》等書。

在臺灣詩壇，辛金順身分極為特殊，他曾旅學與在臺灣教書二十年，後來回馬，卻仍創作不輟，仍有大量詩作發表於臺灣的文學雜誌與媒體副刊上，比如《注音》的一百首詩即全是。而身分認同困擾了他一生，他生於「多語漂浮的小鎮」卻「常常在日常語境中，尋找一個個不斷變異和迷失的自己」，同時熟悉福建話、潮州語、吉蘭丹土話、華語、馬來語、泰語等多種語言，在不同語境中不停變聲與變身。後來始發現「唯有通過華語華文，才能抵禦自己的文化身體不被侵蝕」，因此他寫臺灣地方誌詩，也「拼貼」馬來西亞各地的城鎮，乃至拉入大陸的景物人事。此由他詩集名稱中不斷命名為「詞語」、「注音」、「說話」等，即可見出何以他會說「一生的逃亡啊！一生，都在別人的語言裡」、「語言繼續繁殖，繼續肥大，如臃腫的神話」了。

到後來，詩成了他唯一可真正安心立命、找回自我的鄉土：「用詩隱姓埋名，並在一行又／一行句子的田野間耕讀／雨天時就把風雲收藏在肺部／等三月播種，一地的驚雷」（《詞語》封底詩），他在詩中把待過的不同土地、漂浮的語言和心，安放其中，甚至從新月派的格律詩實驗，乃至詩經、古典詞牌中尋找「只戴兩三個鐐銬」、自我節制語言、精鍊意象的可能。他的這些試驗，正提供了馬國以外各地華文詩人在傳統與現代間尋求一個銜接點時的極佳參照。（白靈）

過阜城門魯迅故居

從春陽照過的巷子，塵埃
薄薄，安靜地坐在時間暗影下，歷史
不再吶喊，詩卻被寫進
思路縷縷的長廊
貓樣躬身在夢圖之上，閱讀魚貫而入的
訪者，宛如彷徨的文字
不斷掙扎
企圖從逆光的墨痕上逃脫………

故國醒了嗎？在寬敞的紀念館角落
無數頭顱在剪斷辮子後
都出走了
只留下一口痰，緊緊抓住
眾人的喉結

在欲吐不吐間，守著聲道
最後潰爛的防線。因此，我們噤聲
不談國事
沉默地從一個孤獨的身影中穿過

如此空洞，如此，存在的年代如鼠
記憶被深埋在病痛的語言中
睡著，我們只能
輕輕走過，不敢驚動沉思的靈魂
苦苦撐著
整個膨脹的中國
在巷外車聲如流的喧鬧中，苦苦的撐著

我們走過，逐漸縮小的影子，日在中午
一棵棗樹
還有一棵棗樹的天空，沒有響雷
只有一群嘹亮的鴿哨匆匆劃過……

二〇〇〇年中央日報文學獎新詩組評審獎得獎作

注音

我試圖走入你的唇音，大聲的說：這是ㄅ，那是
ㄇ，搖醒的ㄉㄊㄋㄌ跟在童年身後，說出
你是我，坐下、遊戲、洗澡、睡覺和
愛，和我們在聲音裏互相交錯而過的遺忘

是的，有時我嘗試遺忘你如遺忘自己的陰影
在說話的時候，在走路的時候，在做夢的時候
我成了你，以注音的身體，掠過低頭沉思的
時間，向前奔跑，跑出自己的夢境

而那是一種遙遠的抵達嗎？在光的前面

原載二〇〇一年二月十日《中央日報・副刊》
選自《注音》（秀威，二〇一三）

我照見自己如一條河流向迷離的前方
蜿蜒遠去，並從死亡，不斷讀出自己不斷
穿過拼音的詞彙和記憶的盆地，向遠方逃亡

這是一生的逃亡啊！一生，都在別人的語言裏
因此ㄨㄛˇ是我嗎？或是WO3，國語和
普通話，在牙齒與牙齒彼此撞擊的震顫
之間，我會從你的身影中走出來嗎？
赤裸走出來，說自己要說的話

我的舌頭靜靜學會瘖啞，聽母性的語言從
菜市場回來，沾滿塵垢的音調，脫掉ㄓㄔㄕㄖ
ㄗㄘㄙ，以乾爽的音節，說起青春的亮光
啊那年，有點失語的故事，在神經末梢
麻痺了一個世代的歷史

我還會找到我嗎？音符和音符在網路上相互擁抱
然後相互離棄，在那世界不停旋轉的頂上

明和暗，隨著指尖跳舞，從一ㄨㄩ跳到
ㄛㄜㄝ，跳進心臟，成為詩，一行一行
跳過鍵盤，成為島、土地、時間和身世

那裡，我是你，我們是他們。是
注音，我們都曾經住在一起

二〇〇六年第二十九屆時報文學獎新詩首獎得獎作
選入《二〇〇六臺灣詩選》（二魚文化，二〇〇七）
選自《注音》（秀威，二〇一三）

蟻夢

我以蜷縮的睡姿圍自己成為疆界
在高低起伏的欲望上穿越甜黑的世界
不斷穿越，尋找遠方故事的亮光

而觸鬚的盡頭是生命繁華的大典
夢和夢，在此輕輕碰觸，滑過
向前挺進如一首歡快的民歌

向前挺進啊忙碌生活，汗水和
淚，灑落成蜿蜒的小路
牽著快樂和憂傷一起奔跑

有時我也會偽裝成人類（進化啊我的同類）
夢見自己在數字裡跋涉一生，穿越
無數的0，或穿越無數的同類，向更深
更深的慾望森林探險，然後

遇到另一個我（這是夢啊我的同類）
穿過骷髏空洞的眼穴偷窺
另一個我，在石碑上
探訪自己忘了回家的名字

無數的我從夢裏出走，離散
並將會在另一個夢裏再見，或
不見，而循著記憶裡留下的氣味
我們將會搬回一些些思念
儲藏渡過生命裡的冬天

或許　還有愛
和病，就讓它全留在故事裡面
注釋　一場龐大流離的命運

（繼續往前啊我的同類）
我們沿著祖先走過的一路虛線
不斷穿越無邊甜黑的疆界，不斷
扛起一個又一個小小的夢
讓它繁殖，讓它旋轉
讓它閃爍如恆星，熠熠照亮
我們
永遠發光發熱的世界

（不斷向前啊繼續向前我的同類）

當夢翻過了身，我們
紛紛躲進歷史櫥櫃的隙縫
在睡和醒之間，在追逐和等待
之間，留下了一行
短短的
鄉愁般清晰明朗的詩篇
二〇〇七年第十屆臺北文學獎新詩首獎得獎作
選自《注音》（秀威，二〇一三）

小沙彌戲讀

師父，如是我聞，桃花開滿了三月
木魚敲來了窗外雨聲

芭蕉瀟瀟，佛走成樹的蔭影
遮護四散而逃的群蟻

八點晨鐘全被壓到了心底
夢幻
在背誦的經書裡都成了泡影
一念，三千
微塵靜靜的敷坐

（師父，小鳥飛走了
明天還會飛回來嗎？）

妄相，妄相
剝開如來的身體，可見
眾生
不斷與死亡博鬥

我聞如是，師父

經文途經回家的小路
忘了把耳朵藏起
讓心靜定，誦讀
簷滴，在短短的夢裏
斷斷 續續

師父。

（師父，小鳥飛走了
明天還會飛回來嗎？）

原載二〇一五年二月十六日《中國時報・人間副刊》
入選《二〇一五臺灣詩選》（二魚文化，二〇一六）
選自《詩／畫：對話》（釀出版，二〇一六）

日常

夜晚的曇花開了又謝，蝴蝶
靜靜的飛，窗外
一條河無聲流向遙遠的世界

日常的散步，點頭和
微笑，看樹影躲在停車站後面
偷窺親愛的人
滑著手機和公車的到來

我在巷口轉角的地方
遇到了自己，夢一樣的彷彿
對視然後
擦身而過，讓人想起了過去
和未來

未來的幸福
如貓，蜷縮在黑暗的角落
等待我走過中年
用悠閒的步伐填空孤獨
用詩造句
用愛代替所有遺忘的語言

許多腳步聲都消失在路上了
時間安靜的
唱落了夏天的星星

有人繼續趕路，有人
還在作夢
有人點起了一支菸
把自己
吐成夜裡忘了回家的霧

此刻，沒有火焰沒有雨，世界
和平在和平裡，鴿子卻睡入
孩子們的夢中
夢見所有的翅膀，隨著
黎明的天空一起飛翔

蝴蝶啊蝴蝶，靜靜的飛
在所有的夜晚，曇花
繼續的
開開又落落

原載二〇一七年五月二十一日《鏡文化・詩歌版》

蒸魚

蒸一尾魚時卻感到一尾魚的悲哀
在鍋中，水沸
煎熬的是火，吞吐著一種兇猛

鼓油少許，鹽少許
抹過的魚身仍留有一手的虛幻
像活著的我和你
等待吃

吃自己的餘生，煙火的故事

薑絲少許，料酒少許
魚珠爆凸中的河流早已退遠，剩下
辛辣和
時間倒退的算計

熱油淋澆的肉身，鎖住了
一生
無法逃亡的命運

在碌碌的生活裏，啊

就只能喊：
吃啊
吃啊
然後吐出一口又一口，自己的
骨頭
和別人的骨頭，以解
蒸魚的暴虐

原載二〇一九年十月十一日新加坡《聯合早報‧文藝城副刊》

張芳慈（一九六四—）

評傳

張芳慈（一九六四—），臺中東勢人，新竹教育大學美勞教育系碩士。曾加入笠詩社，一九九八年與多位女性詩人合創「女鯨詩社」。曾獲榮後臺灣詩人獎、吳濁流文學獎新詩獎、竹塹文學獎散文獎、陳秀喜詩獎。早期以中文創作，後積極投入客語詩創作與教學。著有詩集《越軌》、《紅色漩渦》、客語詩集《天光日》，《留聲》（中日對譯），《那界》（中英對譯）。編選客語詩集《落泥》、發行客語詩與樂專輯《望天公》、美術專書《李澤藩繪畫空間之研究》等。其作品〈影子〉曾由光環舞集演出，客語詩由寮下人劇團發表演出《在地的花蕾》。曾協助巨匠電腦製作《全球華人客家數位現代詩教材》，策展「詩人之眼——五行超連結」於臺大詩歌節發表。

張芳慈於一九八一年進入新竹師專美術科，四年級時因繪畫遇到瓶頸，轉而全力從事寫作，畢業後加入笠詩社，詩作日趨成熟，並對臺灣歷史、土地與社會賦予關注。一九九三年出版第一本詩集《越軌》，收錄早期作品，以抒情語調呈現她內在世界的省思，語言含蓄，意象清晰。一九九九年出版第二本詩集《紅色漩渦》，則突破婉約風格，在批判社會、關注生態環境與親情糾葛之外，更以女性主體思維表現情慾的湧動，並以充滿色彩的意象寫出臺灣長期遭到殖民政權蹂躪的命運。

《紅色漩渦》出版後，她開始客語詩的寫作，二〇〇四年出版第一本客語詩集《天光日》，以客家女性受到父權文化宰制的傳統情境，開展客家女性主體書寫，流露「客家妹有自家个天光日」的自信和恢宏企圖。她的客語詩和自身的生命歷程、臺灣的被殖民經驗，以及女性意識緊密結合，充分表現出一個客家女性詩人的獨特身姿；在語言上又能表現客語的聲韻，以流動、細膩的音樂性彰顯客語之美，這也使她的客語詩得以和音樂、戲劇進行跨界合作，為客語詩開創更寬廣的展示空間。（向陽）

我等企在這位

毋管汝歡喜也毋歡喜
我等都企在這位
毋管汝有來也毋來
我等都企在這位
恁久以來
我等無離開過

時間到了
開緊靚靚个花獻分土地
山林有我等
毋單淨係為著春天時節
汝愛來也毋來

恬恬企在這位

惦惦企在這位
係為了守緊自家个清香
也護緊分我等養份个家園

夜合花開个臨暗

世界定定惦靜落來
這條路底背个你
同我總下分烏色布蓬遮起來

企在這位所
恁久以來
有麼人比我等過較知烏暗呢
無月光个暗晡頭
我等斯像天頂个星
囥在樹頂作記號

選自《留聲》（臺灣文薈，二〇一六）

就算仰唇虛弱
也愛擰力尋到自家个方向

毋儘採分風吹到斯跈緊
振動自家个圍身
因致環境無結煞
續從生命發出个清香
毋係為著鍚人
係為到分這烏暗个世界
一些些安慰个惼想

這世界定定恬靜落來
有麼人比我等過較知烏暗呢
有麼人比我等過較知烏暗呢

選自《留聲》（臺灣文薈，二〇一六）

怪手伸入來

——寫苗栗大埔事件

打早鳥斯喊出悲聲
田庄分怪手伸入來
高高擎起撞橫耕種人个骨節
輾過个土地必淨淨
滿地泥个禾串倒撇
這坵田厥等敢係按算種出錢

老實人老老實實過
分人逼到去臺北抗議
縣長講天賜良機
民屋分怪手伸入來
滿地泥个相片
這間屋厥等敢係按算摵出錢

一張公文貪心無底
摵壞田橫人屋
怪手駛入田中央
怪手深入人个屋
怪手分苗栗濶衰人
兩條命隨緊風景失撇

田無了屋無了
厥等愛你等个選票
厥等愛你等个土地
合法拿走你等安身立命个所有
老古人言斯講厥等做官
敢有攬鹽食飯个

二〇一八年

阿伯婆

恁好天出日頭了
潘麗度阿伯婆去公園
老人家五六儕在榕樹下
恬恬無聲个老人家
鳥影遮緊个阿伯婆
無人好講話个日時頭
同暗晡頭乜無爭差

潘麗个朋友乜五六儕
歡歡喜喜講菲律賓个話
日頭花撩厥等心花放勢開
青春个講笑
在公園肚一陣一陣
像飛過來个鳥聲

阿伯婆乜當想愛講兩句
阿伯婆个客話
在屋家講都無人聽了
阿伯婆對樹下个瓦雀講
逐隻瓦雀像緊對佢點頭

讓路

讓一條路分河壩
讓一條路分魚泅
讓一條路分鷂婆飛
讓一條路分石虎行

讓路啊
讓出一條路

二〇一九年

讓一條路分青山好迴
讓一條路分我等來去

可比使得
再讓一條路分雲影
再讓一條路分日頭花
也讓分語言有一條路尋轉自家

二〇一九年

鴻鴻（一九六四——）

評傳

鴻鴻（閻鴻亞，一九六四—），生於臺南，國立藝術學院戲劇系畢業。曾獲吳三連文學獎、二〇〇八年度詩人獎。曾主編《現代詩》復刊號、《衛生紙+》詩刊，並與夏宇、零雨等詩人合創《現在詩》。現主持「黑眼睛文化」及「黑眼睛跨劇團」。二〇〇四年迄今多次擔任臺北詩歌節策展人。出版有詩集《土製炸彈》（黑眼睛文化，二〇〇六）等八種，評論《新世紀臺灣劇場》及散文、小說、劇本多種。擔任過四十餘齣劇場、歌劇、舞蹈之導演。電影導演作品有《3橘之戀》、《人間喜劇》、《空中花園》、《穿牆人》及紀錄片多部。

鴻鴻出道甚早，早在一九七九年，十五歲就開始寫詩並發表詩作，但直到一九九三年才出版第一本詩集《黑暗中的音樂》，當時的鴻鴻，擔任復刊後的《現代詩》季刊主編，為詩壇所矚目；往前一年（一九九二），他和楊德昌合編的《牯嶺街少年殺人事件》劇本獲得金馬獎最佳原著劇本獎，成為跨越文學與電影的閃亮新星，從此展開至今身兼詩人、劇場及電影編導、策展人多重身分的創作生涯。

從二〇〇六年出版第四本詩集《土製炸彈》之後，鴻鴻的詩風開始有了重大的變化，脫卻年輕時對現代主義的迷戀，他重新反省詩和土地、人民、人權的對應關係，並以詩作為「對抗生活」的武器。其後出版的詩集《女孩馬力與壁拔少年》（黑眼睛文化，二〇〇九）、《仁愛路犁田》（黑眼睛文化，二〇一二）、《暴民之歌》（黑眼睛文化，二〇一五、二〇一六）以及《樂天島》（黑眼睛文化，二〇一九），都聚焦於臺灣社會重大事件（如反核、護樹、大埔事件、拆銅像、太陽花運動……）、國際社會與人權議題（如聲援雨傘革命、紀念六四、反思以巴衝突……）等題材，他用詩作炸彈、作武器、作匕首，諷刺時事、歌詠「暴民」，他的詩和臺灣進入二十一世紀的亂世已結為一體。

鴻鴻的詩，具有強烈的寫實主義精神，但在表現技巧和語言上則脫陳出新，他不單純以貼近現實的描繪或控訴為能事，還通過諷喻、錯置、割裂、拼貼的手法，試圖逼近現代社會、主流價值和權力關係的荒謬狀態與現實。他是臺灣新現實主義詩路的墾拓者。（向陽）

流亡

我住在別人家裡
呼吸別人的空氣
穿別人的衣服
讀別人寫的書
寫別人出的試卷
走別人開的路

別人給我錢花
別人走進來翻我的抽屜
我分享別人的愛
我信仰別人的神
在選舉日
我投票給別人

是誰在保護我
是誰在評判我
是誰在我的夢裡
用別人的語言清洗我

我就是別人
不然
每個人都是我
在別人的喧嘩聲中
在別人的垃圾堆裡
用分明是別人的腦袋
思索著自己的問題

二〇〇四年

選自《土製炸彈》（黑眼睛文化，二〇〇六）

天空

——圖博記

究竟為了什麼
獵人將天空的兀鷹
射了下來

用鍊條穿透翅膀
緊緊鎖牢
並為傷口塗藥

告訴牠
會飛是可恥的
做兀鷹是可恥的
吃腐肉是可恥的
不能成為人類

是可恥的

每天教兀鷹
說人的話語
雖然牠怎麼也學不會

每天餵牠
吃麥當勞
讓牠過上體面的生活

拔牠的毛
當帽飾
讓牠做個有用的生物

必須讓牠明白
人類的文化
比兀鷹悠久
並且人類擁有

豢養兀鷹的光榮歷史

有一天發現
牠流下了淚水
便開心地宣稱
兀鷹終於學會人類的情感

兀鷹不知道自己
為什麼流淚
牠只看到
人類用鐵做的假鳥
在天空飛

牠只知道
鎖鍊關不住牠
籠子關不住牠
人類讚許的眼神
關不住牠

牠會回到原屬於牠的天空
把鐵鳥撞得粉碎

從此
兀鷹的歷史
不只以風的耳朵書寫
以林中的眼睛書寫
以積雪下的土壤書寫
以生生世世的自然循環書寫
更添上全新的一筆
以火焰

二〇一一年

選自《仁愛路犁田》（黑眼睛文化，二〇一二）

革命前夜

寫給香港《字花》

革命前夜
你一夕盜汗
陳年的床褥
惡臭輾轉呻吟

許多架上的書
去了看不見的角落
許多角落的人
去了看不見的地方

廣場上的履帶，現在壓在
街道上、報紙上、法庭上
臉上、書上、臉書上

壓剩的半張嘴
還要你繼續
歡快歌唱

革命前夜
有人在整頓軍備
自古以來
我們為皇帝老兒打仗
為殖民者打仗
為再殖民者打仗
為老闆打仗
北防河，西營田，歸來頭白
還戍邊
能不能終結
這無限延長的前夜
為自己打一仗

讓看不見的書

走出來
讓看不見的人
走出來
讓看不見的字
在太陽底下開花

二〇一四年

選自《暴民之歌》（黑眼睛文化，二〇一五、二〇一八）

二二八

這個月
比其他月份
都短少兩到三天

這一天
比其他月份

都提早來到終點

這一天
許多人
都提早見到黑夜
但這一天來不及結束

就
被槍聲打斷
被哭聲打斷
被埋在灰燼底下
上面鋪滿柏油

每一年
都有人為這一天道歉
但從不知為誰道歉

每一年

大家都歡度這一天
踩在柏油上
去看電影
吃PTT介紹的餐廳
排隊買換季新品

銅像被蓋上布袋
沒有人知道
他在懺悔或竊笑

多年前的這一天
78轉的留聲機唱片
曾這麼唱著
有誰依稀記得：

夜做日　日做暝
黑暗過日　按怎出頭天

*所引為日治時期臺語歌〈夜來香〉，作詞者為陳達儒。

二〇一六年

選自《樂天島》（黑眼睛文化，二〇一九）

一個人vs.一個國家

——祭劉曉波

一個人死去
一個國家的夢醒了

其實國家沒有睡著
它只是在假裝作夢
它在蚊帳後睜大眼睛
看有誰膽敢作自己的夢
有誰膽敢在夢裡唱自己的歌
有誰膽敢指鹿為鹿、指馬為馬

國家沒有睡著
它的收銀機二十四小時還在數錢
它的戰士二十四小時在網路上四出偵騎
活埋那些冒出頭來的風信旗

國家把自己的病
傳染給那些不痳的肝臟
讓它們無法再排毒
無法再使喚四肢自由行動
國家還把自己的病歷彩繪為詩歌
要求所有被它指認為子民的人
汗流浹背地記誦

一如二十八年前那個炎熱無比的夏天
這個夏天也好像永遠不會結束
一個人死去
那些被洗淨的血

又熱滾滾從廣場上冒出
撲上黑暗的閘門
只有重病的國家死去
每一個人才能活著醒來

二〇一七年

選自《樂天島》（黑眼睛文化，二〇一九）

李進文（一九六五——）

評傳

李進文（一九六五—），臺灣高雄人，現居臺北市。現任遠足文化總編輯，曾任職臺灣商務印書館及聯合文學出版社總編輯、明日工作室副總經理、創世紀詩社主編。大學念統計系，畢業後，當過多年記者、曾從事多年出版及多媒體數位內容產業。寫詩，也寫散文。早年完成《一枚西班牙錢幣的自助旅行》詩集，受到詩壇重視；新世紀出版《長得像夏卡爾的光》（寶瓶文化，二〇〇五）、《除了野薑花，沒人在家》（九歌，二〇〇八）、《靜到突然》（寶瓶文化，二〇一〇）、《雨天脫隊的點點滴滴》（九歌，二〇一二）、《更悲觀更要》（聯合文學，二〇一七）、《野想到》（木馬，二〇二〇）等詩集，另有《微意思》散文集，動畫童詩繪本《字然課》和高美館《詩與藝的邂逅》美術詩集等。曾獲華文多項文學大獎。

二〇〇六年，李進文榮獲「年度詩獎」，其讚詞曰：「二〇〇六年是李進文先生的豐收年，發表詩作超過二十首，質量俱優，乃年度最受矚目的詩人之一。李進文先生以詩作積極介入社會家國，關懷層面遼闊，賦予人民、土地熱情與希望。並持續戮力探索詩藝，繼承溫柔敦厚的傳統詩教美學，有效節制情感，復不斷翻新技巧，音韻優美，圓融；意象準確而飽滿，景深幽遠；喻語新穎奇特，風格成熟，多年的努力，豐富了臺灣的詩歌成績。」這段文字大約含括了李進文整體詩創作的重要現象與意涵。

閱讀李進文的詩是件愉悅的事，沒有詩人傳統的、慣性的障礙設施，也不會脫離群眾生活的實境，詩人群可以習慣詩人一向習慣的意象置放的所在，一般讀者會喜悅他鮮亮的語言、貼切的眾生描繪，感受他機智而幽默的敘事張力，詩人群與一般讀者可能為同一首詩發出會心的微笑。

論者認為李進文「以詩涉事，以輕寫重，以轉瞬寫恆遠，堅硬思維在他筆下化為繞指之柔，千萬心緒在他詩中化作三言兩語。」這樣的李進文可以讓心事重重的詩人也暫時放下肩膀的重擔，放下筆尖的咆哮。（蕭蕭）

潛入獄中記

帝國主義怎樣？你睡得好最要緊。
這些日子生病，你說眠夢會痛，但不必我來搖醒，
八字鬍吹出的口氣像魯迅。
真心話餓甕，唉，划入腹肚的番薯籤像絕句；
天堂或地獄不用聽診器，世間人勇健只要一張草蓆，
死活綑一綑，就結束日據時期？

最難消受是月娘，尤其牢牆外的童嘻——
長男志宏活二十一天。次男志煜活四個月又十二天。
四男賴悵活一年又九個月。長女賴鑄活二年又九個多月。
六男賴洪活一年又八個月。而且，你是醫生，
「我竟然是醫生……」你哽咽地說。

蚊蚋和跳蚤在硬頸插下的太陽旗，無非提示賴和先生

血的位置。病與責任令人軟弱，
不像你的小說；顯然祖父留下的拳譜你已荒疏，
反正練就一身正氣也踢不醒世界、揍不痛體制。

我看見你獄中牀頭的心經、兒科醫書與顛倒夢想，
你也曾這樣軟弱渴求釋放，因為債
與親情一樣沉重，不是草蓆一綑就了事。
土地黏人都快五十年，你丟給誰養？

血紅的卷宗：「彰化警察署留置所」在大人桌上我瞥見
又驚見臺語橫屍，就在和室地板下的密室。
舌，可以吊死賴和。你說：死不需要輸血，唯有愚昧。
四壁蕭索僅剩衛生紙，既勒不死，就留一截以書寫。

你問我怎樣來？噓！耳目眾多，只能長話
短說：我跋涉網路，攀漢詩、登臺語，追蹤反骨
交錯的小說，以及信札和文獻，繞過你屋外那棵蘋果樹，
另一棵不是蘋果樹卻善心指路，又

在傍晚的懶雲掩護下，我潛入，帶一個口信
和一份報紙——不是你主編的，卻有八卦
山的消息，有彰化
一點點，一點點家鄉就夠你哭的。

報刊日期是中華民國九十四年五月一號禮拜日勞工節——
（後一個禮拜不就是母親節？害你想起老母，真失禮）
頭條消息：勞工退休新制將上路，你細讀
多色澤的標題橫排不像遊行隊伍像一列電子花車。
唉愛、不愛在情仇兩岸嬉嚣，而你屋外的落葉頭也不回，
悄悄掉得像族群撕裂；
財經版創啥貨？你問「網路」的臺語
怎樣說？「春花——夢露？茫茫兮路？拐斷我的耳孔毛！」

第二次入獄（珍珠港事變當日），不想文學就想死，第九日
念佛號、讀陶淵明，看出你的心以及肉體軟弱，
我說：一些同志的批信被斜陽揭露，在書桌；
日頭撞上心頭，瞑時留下一道淵藪。

怕牽累朋友？賴和先生你想太多，老友送報伕楊逵也沒怕過。
你必須以筆、腰桿和手術刀挺著……
「你必須回國——」我不會動員群眾接機，請安靜通關；
把靈魂分散活在某些人的肉體，只要有好靈魂
就有好政府，
死亡不是絕症，會在另一處再生。

這個黨和那個黨在一桿秤仔兩端，愛與恨從不平衡。
我得走了，先生！口信已帶到。
請把未標註日期的作品攜來，
國號不清楚就空著，等我們都確定了再一併填妥。

二〇〇五年第一屆自由時報林榮三文學獎新詩首獎作
選自《除了野薑花，沒人在家》（九歌，二〇〇八）

靜到突然——給父親

翻開書如同翻開你的海
飄落一片金黃的銀杏葉，那是深遠的
沉船古幣？……翻開你
如同記不住的浮標警句
灰燼從網路那端飄過來
我並未開機下載天意
沒有郵件確知你是否安頓了
暴風雨捲走你那漁夫晚霞的臉
招潮蟹路過眼窟逼向魚尾
沼澤似有白色的幡影搖曳

通過人中的一條準繩，不偏不倚
命理似地均分生與死
家族史趁隙鑽進礦脈吸氧，鑿開
愛。原來
那一條準繩要我們校對的是靈魂
不是功名與財富
要我們校對是為了免於迷路
要我們跪，膜拜，呼喊小心
要過橋了……
記憶策馬長驅胸臆，鎮壓恐懼

○

太沉默了，以至於你
怎麼流失語言、骨質、身體……我
不清楚，不清楚遠方如何接引你
你雙眼一閉就簡化所有的詞藻
而母親的數落已經跟梵唄木魚之聲

趨於一致了
母親那樣熟背鹽的苦味
時光怎麼甜蜜？我估計
你並不瞭解來了與走了
之間的意義。走運啊你

○

頭頂在第七天嘶嘶叫，魂魄沸騰成這樣
我把悲傷關小一些仍然超過攝氏八百度
溢出的滾水口吐泡沫，破滅時啵出好大
一聲歡呼：晚風徐徐入港灣！漁船滑過
空濛的道場駛向你，你好糊塗竟然沒有
捕獲任何想法就返航，頭頂的水草好煩

○

火交待要記得帶溫度進去骨灰罈
雖然從海上來的你似乎不怕冷

提醒你這趟沒有檳榔和米酒頭
而且此去西方航程遼敻，除非
你的心極樂、你的意念有翅膀。當
陽光以皮肉撞上花崗質的鐔
鏗鏘之回音像雀鳥
跳開，又在靈堂不遠處覓食可口的陰影

○

遍灑之光
是琉璃的尖叫橫行曠野、上下貫穿佛號
鑽過菩提、神祕之鳳眼、終於串通念珠……
那尖叫乃妙音似的提問
提問究竟；涅槃微笑
不答

○

摺一朵朵蓮花，摺一枚枚元寶

送行的心是金紙銀紙
我知道除了死，還有更重要的事
我推遲苟活而高速鐵道卻一節一節拉我回去
處理燃燒
你睡一睡就成灰，灰是霧的基因將我繚繞

○

遺像仍一副無辜而
天真而可能隨時闖禍的模樣
無法忍受生與死之間沒有一句經典
以聯結我
無法忍受我竟能在網路搜索到數千筆類似的一生
遺像中你穿睡衣，看來隨意
或者太匆忙而來不及扮好一位父親
眼淚夾入一部經，翻開
蓮瓣翩躚而出如咒一句接著一句金色白色赤色
旋律以鞭，不可思議地刑著身、笞著罪

往事不斷地朝虛空發射
神靈隱身閃過世俗的傷害
於下午微風中，於遺像前
陽光與幽靈一邊議論一邊燒掉紙錢

○

木盒裡有一聲滴答
封棺時不小心掉落的一聲
滴答；滴答開始鑽營，開發，稱霸
地底未曾發現的歲月

○

夏天來臨，肉體早熟懂事地擔任石榴的職務
愈來愈多以果類為名的肉體
像母性一樣注定非甜不可，但不可
暴飲暴食：否則
佛陀一簍一簍地摘下肉體之今生，甚至前世

○

牙齒在火中掙扎，試圖咬住大悲咒，未果
再咬，卻咬上一條游絲，輕嘆一聲就斷了
無有牽掛，終於舒服了
牙齒在肉身死亡之後據說偷偷長了一點點
火在清算時聽到鈣的話語常常流失

○

躺著是標題，內容無聲無息
湊不成一首詩讓你拄著好走

○

習慣裸睡的火不蓋被單
火的鼾聲是灰，身體乃熟食
基因，因為善念而熟睡
你終於不必醒在天亮以前
不必跟臍帶與插管搶食空氣

○

廢墟是營養的
有益菌與禮貌的蟲子居住其間
收拾乾淨這八十年
錯了與對了，兩者等長了
我沉默的時候正好超過四十四歲
長夏征服一個男人
微風革命一個浪漫主義的婦人
小孩是人間的萬有引力，在親情與蘋果之間
你呢
在這樣甜的鳳梨型下午
原諒咖啡漬不小心弄哭了衣裳
速度的藍橘雙色尾巴拖著一列高速鐵路
駛向你
窗外的陽光焦躁地走來走去要跟汗水說清楚
風從哪裡來，往何處去

○

新型病毒（譬如愛）
是信仰軟弱時於邊界徘徊感染的
死亡是無菌的，雜念最毒
所以誦經拈香時要小心
守靈之日驚聞
月色落網
供出魚尾紋是逃犯

○

蓮花長在天梯的兩側
日常生活一檻一階一無所懼地爬上去
不為參與輪迴
僅僅報名加入一個團體名叫鳥類
我只要日復一日，歲歲年年
與家庭一同前進
沒有目的就會抵達快樂

○

一口箱子以為藏有十八種武器
其實只有你在裡面
你的武器是火，急著焊開一扇天窗
卻聽見有人大聲呼喚要你閃避火
火大，就什麼都不思想了
你的身體曾經失火，這些，夢都知道
白骨讓我想到你身後的酒意

○

佛號是用微風與微笑摶聚的，無法訂製
人間唯有在想念的季節
微風才會微微笑
滿室香水百合整個西曬，孤獨竟然微溫

○

死亡證明單是你的身體簽給大地的。我後來只好同意。我夾起一片骨，不知是哪個部位樣子如此禪機這般白皙，孝順地將它輕輕置入下午，深怕悲傷粉碎。諸菩薩領你前去，確定有喔、有喔。這樣一直喊。老榕樹下很涼的風像魂一樣飄送進來姿態都很慈善。其實你沒有落地，而是斂翅，以灰。……你在罈中休息，想家，看著我穿戴你的一部分身體，飲食你的一部分內容，繼續行走江湖。路人甲乙丙丁的頸項開出桃花李花。你在笑。

○

唯一不打算研究的是背影
最想要告別的是想法
對愛
靜到突然擁有一切喧囂

選自《靜到突然》（寶瓶文化，二〇一〇）

小美好

時間的風，輕煙的年，心之不再。

——保羅・策蘭（Paul Celan, 1920-1970）

拒絕當形容詞的小美好
從每個昨日、每次未來，回到
今天：除舊布新，
以逗點，剷除垃圾郵件
盆栽裡種下一株喜氣
深呼吸
練習一句「沒關係，
至少我愛你。」

拒絕為一個不熟的世界
與感情爭吵
以好態度燒沸影子，讓日子
清淨可飲。簡單吃
像雪花一樣輕食
像線香繫黑夜與光明在一起
一起有信仰——
微笑，揮手，請負面好好走

今天偶爾頓挫
依然遼闊

讓每一片葉子迎風扔出問題
欣賞它的動機
每一個舊經驗都恭喜你
你跳出夢外將吻更新
放棄你的一部分
成為祝福一小聲

光陰跨坐紅磚牆晃著小腿
等你回來
一起過年感覺曠野
一起哈哈鞭炮人間
落實細節：
一起重新寫詩，做人，傾聽
鉛筆咀嚼紙纖維
吐出一隻雲雀

雲雀向上呼叫親情，從每個
昨日、每次未來
回到今天
月光和春蠶血肉相連
看植物歡鑼喜鼓地舞動枝枒
穿過鏡面，走訪水源……
如果「我愛你」是形容詞
形容詞一定有下輩子
小美好是體質

選自《雨天脫隊的點點滴滴》（九歌，二〇一二）

鬼的事業

鬼起初是一縷，隨著歷史發展成一片、一隻、一幢、一座，
發展成一顆心，對自己恐懼。

美個鬼，醜個鬼，他們說鬼
鬼在人間尋覓自己想要的樣子，太急了直接穿牆。
人的生命中，很多事情變成殭屍，起初不動，後來用一跳一跳印證痲木，
痲木會咬人，跟吸血鬼一樣
最想咬的是頸子——它支撐魔鬼想法。

某夜在路邊的攤位看見人
人在叫賣魔鬼，天使們團聚，惡意秤斤論兩的。
神馬的路，煙塵如福音，人常常造成鬼追撞。

身而為人，
受膏、放鹽、唱聖詩，
以十字架退散神明管理不佳的世界。
符、劍、印、鏡，驅鬼的時候，
這些工具也曾自我懷疑：
人鬼之所以殊途，
一定是鬼對人，死了心。

鬼自己選擇成為鬼，這是一個自由民主的社會，
鬼也投票，落選的，投胎做人。
鬼經營的事業不是嚇人，是直銷、開拓那些不再心懷鬼胎的人。

鬼不能理解的是，愛與不愛的冥婚。
鬼最多產的時刻是脆弱，那時每一炷香牽引可怕的回憶；
那時，蟬拍手鬼叫，
那時鞦韆無人自盪。

選自《更悲觀更要》（聯合文學，二〇一七）

更悲觀更要

更悲觀更要亮麗
抬頭挺胸，讓糊塗的老天都能看見你
不確定的東西，比恆星更清晰
更要手腳乾淨，對萬物有禮
賴活沒關係，如果更優雅。

對不要緊的人生懶得理
懶是一種敬意
就跟自強不息一樣自有它的道理

更悲觀更要紀律
當躁鬱，蜂擁如小魚——
更要為空氣梳洗，好好呼吸
灰階排整齊，更要為一切微乎其微
條列生機

燙一頭雲，頂著天意
穿一條俐落的街
跟命中不注定的人在轉角碰面，握手
微笑，對情問候、對仇拍拍肩頭

更悲觀更要願景
願景是大廈隔壁的老鄰居
這麼多年只相遇在電梯，默默按上按下
我們正好都在大千世界小住一瞬

更悲觀更要體貼悲觀，別輕易離席
更要對一切不為你所愛更動秩序
更悲觀更要早睡早起，細細感覺自己
戒掉一直說對不起
戒掉仰望上蒼
人間再大的難關
只是宇宙健行時一次破皮

選自《更悲觀更要》（聯合文學，二〇一七）

談話

狗趴在一旁聽見人的交談
「有收到我寄給你的賀卡嗎？」
「你是說那一陣一陣的風啊。」
「不是。那短訊微信臉書呢？有收到吧！」

「你是說雲雀夜鶯呀都飛走三十年囉……」
「我一直祝你新年快樂都沒收到嗎？」
「你是說那片蘆葦一直枯等舟子的傻樣啊。」
「不是！我說喔你有收到我寄給你的任何東西嗎？」
「有哦一件寬鬆的春衫。」
「舒服嗎？」
「還好，還合適一首肥胖的五言絕句。」
「你聽不懂我說的？」
「懂哦你說你寂寞。」

跟骨頭講話

想畫靜物。我請骨頭站在世界的對面。
因為光線的緣故，我再請骨頭擺個動作。
「都一把老骨頭了，搔首弄姿會很嚇人耶。」
骨頭一臉蒼白，渾身關節發出酸苦的聲音。
「請你邪一點。」我對骨頭說。
「斜一點？沒問題。」

「請你狠一點。」
「橫一點?沒問題。」
「我想你聽不懂我的意思……還是請你穿上肌膚吧,表情真的很重要。」
「可否不要?」
「我堅持。」
「好……」骨頭無奈地把肌膚一片一片穿上,肌膚同時冒出該有的毛髮。
「好面熟啊。」
「就說不要穿麼。」
「啊,這……不就是我!——我的骨、我的髮、我的膚,我的死相。」

原載二〇一七年《聯合報・副刊》

選自《野想到》(木馬文化,二〇二〇)

方　群（一九六六——）

評　傳

方群（林于弘，一九六六—），臺北市人，輔仁大學中文研究所碩士，國立臺灣師範大學國文研究所博士，曾任各級教師三十餘年，現為國立臺北教育大學語文與創作學系教授。方群文學創作以新詩為主，兼涉散文、評論及傳統詩，曾獲：中華文學獎、藍星詩社屈原詩獎、創世紀四十周年詩創作獎、吳濁流文學獎、臺灣省文學獎、聯合報文學獎、中央日報文學獎、時報文學獎等。著有詩集《進化原理》、《文明併發症》，論文《初唐前期詩歌研究》。

新世紀出版詩集：《航行，在詩的海域》（麋研筆墨，二〇〇九）、《縱橫福爾摩沙》（麋研，二〇一一）、《經與緯的夢想》（麋研筆墨，二〇一四）、《微言》（遠景，二〇一六）、《邊境巡航——馬祖印象座標》（秀威，二〇一七）、《方群截句》（秀威，二〇一七）；論文《臺灣新詩分類學》、《群星熠熠——臺灣當代詩人析論》；另編有《現代新詩讀本》、《與歷史競走——臺灣詩學季刊社二十五週年資料彙編》等。是一位持續在第一線創作、評論、指導、編輯，永不推卻的新詩工作者。

二十一世紀開始，方群以「航行，在詩的海域」作為啟航的標記，詩人紫鵑看出「詩人以豐富的情感詮釋詩的生命、詩的世界，骨子裡卻流淌著流浪的因子。」她指出：「遠方」，詩人永恆的嚮往；「旅行」，詩人不可或缺的良藥；「地點」，詩人獵豔的對象。這樣的書寫持續到《縱橫福爾摩沙》、《經與緯的夢想》，可以看出旅人之心、詩人之眼的地誌書寫的長期奮鬥，永遠在福爾摩沙島上縱橫，在不同的經緯度中馳想，直至《邊境巡航——馬祖印象座標》這本集大成的詩集，成為方群書寫範圍最集中、時間跨度最大，跨越了年少青春夢想，連結了中年回首凝望的顛峰之作。

「微言」與「截句」的小詩形式，則是新世紀裡方群最重要的一種實驗，應該也是他創作教學時最利便、也最力變的示範作品。但是最能顯現個人氣質，最為難掩的風趣、機智本性，應屬選入在本詩選的作品，如〈ㄕㄚ的四聲演進史〉，從字音的改變貼合時事，為本世紀的sars「非典型肺炎」留下紀錄；如〈男朋友／女朋友〉的對比性排列，雖非首創，但完全貼合詩意的推展、心靈與肉體的矛盾；如〈抽象〉切割後的異與同。都屬於方群在形式上展現的趣味實驗，既增強自己寫作上的可讀性，也為教學帶來樂趣與關注。（蕭蕭）

ㄕㄚ的四聲演進史

ㄕㄚ

擱淺灘頭　或是
遨遊四海　都
隱藏著
難以啟齒的——
致命接觸

ㄕㄚˊ

？

ㄕㄚˇ

可能笨

或者**呆**
乃至縮寫**癡愚**
甚至是**不聰明**的客套
說法　比**蠢**
好・

ㄕㄚˋ

源自中國　典型
以及　非典型的政體病變
由密集的唾沫傳染
屬於恐懼的即刻進行式
經常在死亡邊緣隨意遊走
據說有不單純的信仰因素介入……

原載二〇〇三年七月三日《自由時報・副刊》
入選《二〇〇三臺灣詩選》（二魚文化，二〇〇四）

毒蟲五語

蟑螂

緩緩，爬行過三億年的歷史
在心靈的陰暗角落
睥睨，兩足的靈長類
橫行地球

壁虎

無聲的腳印，凝視著
低空掠過的飛行視差
無聊的饕餮，將
夢想一一擊落

蜈蚣

堆疊的步履，徘徊
進化與退化的十字路口
挪動的意志，探索著
來時蜿蜒的路

蠍子

與美女無關的心腸
不必再加汙衊
純然威嚇的巨鉗與尾鉤
淬鍊眼神的狠毒

蝦蟆

不曾光滑的古老肌膚
散布隆起的怨恨疙瘩
一顆顆千年鬱積的誤解，驅趕
喉頭隱藏的共鳴

原載二〇〇八年九月《創世紀詩雜誌》一五六期
入選《二〇〇八臺灣詩選》（二魚文化，二〇〇九）

男朋友　女朋友

該如何解釋妳我的愛戀　妳我的愛戀該如何解釋
　　關於肉體　關於心靈
　　　關於心靈　關於肉體
關於一些偶然的相遇　關於一些相遇的偶然

　應該是一種感覺　可能是一種感覺
燃燒青春的焰火　燃燒焰火的青春
在山林原野追逐　在山林原野奔跑
在海角天邊奔跑　在天邊海角追逐
在流動的線條中交換　在線條的流動中共享
　體溫的思念　思念的體溫

當現在的太陽升起當未來的月亮升起
　你是我的我是妳的

男女
朋友

載二〇一三年二月二十一日《聯合報・副刊》
入選《二〇一三臺灣詩選》（二魚文化，二〇一四）

抽象

「抽」
隨意，選一首詩
用晦澀塗抹
蔓延隨意紛擾的經文

「象」
如此具體
真實且龐大

什麼都可以掩藏的
包容

〇

天〇〇，地〇〇
有神就〇，有錢也〇
只有愚蠢的善男信女
冥頑不〇

空的是〇，滿的是〇
轉動是〇，停留也〇
我們牽手是〇，分手就不〇

原載二〇一五年四月十六日《聯合報・副刊》
入選《二〇一五臺灣詩選》（二魚文化，二〇一六）

在上帝的腦子，有〇
在亞當的腦子，沒〇（夏娃也是）
寫作的幾個，可能有〇
閱讀的那些，絕對有〇

原載二〇一六年九月《吹鼓吹詩論壇》二十六號
入選《二〇一六臺灣詩選》（二魚文化，二〇一七）

許悔之（一九六六——）

評傳

許悔之（一九六六—），臺灣桃園人，國立臺北工專（現改制為國立臺北科技大學）化工科畢業。曾獲多種文學獎項及雜誌編輯金鼎獎，曾任《自由時報》副刊主編、《聯合文學》雜誌及出版社總編輯。現為有鹿文化事業有限公司社長。著有詩集《陽光蜂房》、《家族》、《肉身》、《我佛莫要，為我流淚》、《當一隻鯨魚渴望海洋》、《有鹿哀愁》（大田，二○○○）、《亮的天》（九歌，二○○四）、《我的強迫症》（有鹿，二○一七），以及散文集、童書等多種。另有英譯、日譯詩集，也曾與馬悅然（N.G.D. Malmqvist）、奚密（Michelle Yeh）合編《航向福爾摩莎：詩想臺灣》。二○一七年起，抄經及手墨作品，多次獲邀參加國內外藝術博覽會，並舉辦個展。

許悔之出道甚早，一九八五年即與詩友創辦「地平線詩社」，並發行詩刊，開始發表詩作。一九九○年出版第一本詩集《陽光蜂房》，展現詩才，林燿德在〈小論許悔之〉一文中指出「許悔之迅速崛起，活躍於瀕臨九○年代的詩壇，可說是六○年代後期出生的詩人中最具代表性的一位。」其後他陸續出版《家族》、《肉身》、《我佛莫要，為我流淚》、《當一隻鯨魚渴望海洋》、《有鹿哀愁》等五部詩集，完熟地呈現了他鑽研佛理、指涉人間，既熱切又冷靜的獨特詩風，白靈在《新詩二十家》中讚譽「許悔之的詩有一種莊嚴的高度」，也指出他的詩「從早期的黑色孤寂的悲苦到如今紫色蓮展的悲憫，他的語言色彩越見豐富，情境塑造逐漸寬廣。」

進入新世紀之後，他的詩作稍減。二〇〇四年出版的《亮的天》，以慈悲之心凝視苦難人間和社會眾生相，寄予期許，也以詩究詰不義，情動於中，氣勢磅礡；二〇一七年推出的《我的強迫症》，則以肉身過篩憂鬱，呈現了對生命道悟和人間美學的高拔境界。在憂傷與美麗之間，在人間與佛法之前，許悔之以詩寫出他自己所稱「為『生』和『美』所撰的答辯書」。（向陽）

慈悲的名字

——為SARS疫病中殉身的醫護英雄而寫

陳靜秋，胡貴芳
林佳鈴，林重威
林永祥，鄭雪慧
誦念你們的名字一次
就如同經歷一回
藥師琉璃光如來的大願

倖存的我們
聆聽了你們的名字
一遍又一遍
你們死去的那一天
就是復活的日子
你們是無上

慈悲的藥師琉璃光如來
在無藥可治的人間
慈悲的化身
投身於疫病的燄火
而化成了紅蓮
載我們安穩行過如此
翻滾的大海
死亡的海

死亡僅在伸臂之外
你們用肉身將之摒擋
讓我們安睡
而無憂苦危厄
你們的肉身
是內外明澈的琉璃
純淨，無有瑕穢
讓我們誦念
這些慈悲的名字：

陳靜秋，胡貴芳
林佳鈴，林重威
林永祥，鄭雪慧
誦念這些慈悲的名字
大願的藥師琉璃光如來

二〇〇三年五月十七日

選自《亮的天》（九歌，二〇〇四）

亮的天

昨夜我一人
被拋擲到彼處
感覺到一種
滅頂前的悲傷

我為那些被枷鎖的靈魂

唱人間耽戀的歌
瘖啞的他們
因之而無比輕暢

白晝之時，他們偶爾也住在
人的身體裡面
活了億萬年
卻長了鰓
所以無法被眼淚溺斃

明白，他們要遷移
深潛到更深更暗的夢海裡
他們說蠟鑄的翅膀
一樣可以飛，飛向太陽
他們預言
所以認真受苦的眼淚
將匯集成為，另一座海洋
像神把虹放在雲彩中

讓一切有血肉的
都看見永恆的誓約
神立虹為記

他們送我到水邊
祝福我將安然回到人間
他們送我，送到水邊
那時才剛有，一點點亮的天

二月二日

二月二日
你的日是我的夜
夜的眼睛看見日的全貌全形

二〇〇三年十二月二日

選自《亮的天》（九歌，二〇〇四）

清晨的陽光將你喚醒
有鹿林中而行

確然如此，清晰如此
你的靈魂是我累世的眼睛

選自《我的強迫症》（有鹿文化，二〇一七）

在大地震過後

在大地震過後的，瞬間
餘波一再聚集
無窮的地力旋升復旋升
變成了海嘯
淹沒所有的土地

再也沒有各大洲之分
不再有赤道

北極或者南極
人類的歷史
回到空無的世紀

在大地震過後的
海底城市
倖存的我們進化為人魚
不再使用話語
以眼神交換快樂悲傷和祕密

我搬運廢墟中的石塊
為你建造一美麗的穴居
披著彩藻，戴著珊瑚
海豚是你的車乘
日出時我們偶爾浮上海面嬉戲

不再書寫為記
毀壞的歷史通通過去了

不再有驚呼、哭泣或死亡
海底是我們的土地
我們謹慎的避開汙染的海域

我們都是大樹上的葉子

——為建築師友人郭旭原、黃惠美而寫

我們都是一棵大樹上的葉子
是樹上之葉，無常的風
一陣風吹過
我們有的仍在枝頭
有的忍不住飄落
過去，現在，未來
佛陀都在這棵大樹下
不可思議的入定
不可思議的宣說

選自《我的強迫症》（有鹿文化，二〇一七）

佛說：看哪！這棵大樹
從無始劫來
就長在這裡
葉子從青翠，轉為枯黃
而終必飄落，飄落在地上化為養分
滋養新生的葉子
新生的葉子常常忘了他自己
也曾經枯黃，飄落

我們都是一棵大樹上的葉子
佛陀如是殷殷而說
他望著樹上一片將掉落的葉子
溫柔的說：我將會
我會用我金色的手臂擦拭他
當他飄落之後
像是用金色臂撫摩一弟子的頭
提醒他不要忘了

一棵樹上無數的葉子，共有一個樹心
無數眾生，共有一顆真心
佛說：而真心，是不會死的

我們都是一棵大樹上的葉子
從無始劫來，這棵樹
就長在我們的心中
有緣、無緣的我們都是樹上的葉子
翠綠的時候，好好翠綠
飄落的時候，不罣礙的飄落
而佛陀從來都
安然的坐在這棵樹下
任憑無常的風，吹過

選自《我的強迫症》（有鹿文化，二〇一七）

紀小樣（一九六八——）

評傳

紀小樣（紀明宗，一九六八—），生於彰化，現居臺中。作文指導老師、文學桌遊設計講師，創作文類以現代詩為大宗，兼及兒童文學、散文與小說創作。得過吳濁流文學獎、中央日報文學獎、中國時報文學獎、聯合報文學獎、磺溪文學獎、教育部文藝創作獎、一九九九年臺灣年度詩獎等眾多文學獎；當過現代詩的通「棄」犯到成為現代詩的典「鬻」長，可看出現實生活與他不得不大量詩創作的互激互盪關係。

九〇年代已出《十年小樣》、《實驗樂團》、《想像王國》三本詩集，新世紀才情大發，出版過小說集《城市之光導遊》，以及《天空之海》（彰化縣文化局，二〇〇〇）、《極品春藥》（詩藝文，二〇〇二）、及其後一系列由彰化縣文化局陸續補助出版的《橘子海岸》（二〇〇三）、《熱帶幻覺》（二〇〇五）、《暗夜聆聽》（二〇〇九）、《啟詩路》（二〇一四）、《天堂的一半》（二〇一七）、《瞑前之月》（二〇一九）等，迄今已出版十一部詩集，量與質在六〇年代出生的中生代詩人群中均名列前茅。

他得年度詩獎的詩作叫〈摩天大樓〉，編委說「紀小樣的詩作，常是對超現實主義的現實解釋、人間解釋，將虛化實的意象寫真。充滿反諷意味」（向明）、「紀小樣在詩中是個超現實主義者，有的符合本意，有時是比喻，有時又是諷喻，既靈活又有趣，更凸顯了詩人想像力的奇詭與豐富」（商禽）。以此大致可看出他手法的靈活、常能力求多元取材、多方向開展技法。

他作品的主題涵蓋面甚廣，包含地誌書寫、政治針砭、環境問題、異象觀察等等，常從現實中取材，由卑微不足道的事物出發，偏好自特異角度切入，擅長進入事物本身予以擬人擬物轉化或超現實化，大展想像力，發揮反常合道的詩藝。比如入選的〈終驛〉即是一例，在詩中作者將自身置於一切之下，比流浪狗還不如的最低點、最微不足道的角色，在詩中看著劇情悲劇性地發展，十足展露了小人物似的龐大同理心。他寫得精彩的詩常富有這樣的特質。（白靈）

終驛

空蕩蕩的四號月臺　被一個新鬼的啜泣聲佔滿了……
末班列車離去以後　一個乞丐顫抖的手中仍然緊緊地握著昨日的票根
昨夜在此殉情的人　在站長的眼中把今天的落日染得比鮮血還要紅。
旅客留言板上　驗票員輕輕擦去了一行纖細的字——我要推翻圓周率，
修改舉世公認的π。

聽說生鏽的鐵軌已經被一個白髮婦人的痴怨扭曲了；她那望不到底的
灰白瞳孔說——串連起來的等待比永遠還漫長……
而全身皮膚病的流浪狗都嗤之以鼻的　我
是候車室幽暗角落裡　一隻無人認領的
乾癟的行囊

原載二〇〇二年一月十日《自由時報・副刊》
選入《九十一年度詩選》（臺灣詩學季刊，二〇〇三）

孔子在我家洗臉

孔子在我家洗臉
一抹是一百條皺紋
毛巾上都是春秋時代的
風霜；毛細孔裡還有
戰國殘留的煙塵……。
舞雩回來之後
他的臉　開始發癢
毛細孔　開始變大
孔子　開始周遊列國
遍訪名醫而不得……
——老子勸他回去
用照在魯壁之上的月光來洗臉
——最後甚至　孔子得了香港腳
（這一段歷史，在五千年後

被一個無名的三十歲詩人所證實。）
然後，他開始制禮作樂（請唸樂ㄌㄜˋ四聲樂）
並且開設一家加工廠——
把易經作成帽子，再派出
七十二個超級推銷員，把帽子
套在萬事萬物的頭上；把自己
徹頭徹尾推銷成為
一個偉大的
理論派的商人。
——這些，史家們都不敢記載
　因為，從伏羲氏以下的帝王
　都不容許　知識過度的資本化。
（這暫且不表；因為歷史既然沒有記載
說了——你們也不相信。）

孔子在我家洗臉
他覺得水龍頭的發明
比他的學說偉大。

我說：老師，您，太謙虛了。
孔子洗好了臉　繼續刷牙
洗手檯裡吐了滿盆的
之、乎、者、也——
我拿起來　聞了一聞
似乎有點餿臭的味道，但
我也不敢明著跟老師講。

孔子在我家洗臉
洗好了臉　刷好了牙
他說　要出去走走；
我說　老師再見！
他把一條黑人牙膏與牙刷
藏在他左右寬大的衣袖裡；
而我沒有反身追出去——
把他遺落在我家馬桶蓋上的詩經
還給他……

二〇〇三年第五屆中縣文學獎新詩獎得獎作

原載二〇〇三年十一月十五日《臺灣日報・副刊》，選入《二〇〇三臺灣詩選》（二魚文化，二〇〇四）

彌陀安厝

朝陽是一把金錘
撞破霧滑的黎明
金黃色的琉璃瓦有細微的裂縫
再也無法封藏彌陀的聖號

我來，不為日出
鳥噪與蟬喧，一聲接續一聲
風聲、雨聲、腳步聲……
響在心上　皆是短偈
彷彿要把天地遮蓋

烈日曾經紋身你黧黑的肌膚
烈火復再擁抱你細瘦的枯骨

腳印比阡陌還長
請休息　父親的父親
你的掌　確實犁開千頃的嘉南
甘蔗、稻米與漁塭
夢想巴望著長高與流長……

請休息　父親的父親
你的故事已經封罈
但豐沛的八掌溪依然在我身上
奔流著你的血脈
一朵白蓮無端飄蕩
年年清明，彌陀寺前
一群白鷺將來為你啄破山嵐

送你
送到彌陀後山
這不是最後一站
你的骨

比我們的視線還高

二〇一四年第五屆桃城文學獎現代詩第一名得獎作

婚禮

——致父親

父親從天上趕來，參加我的
婚禮；我不習慣看他
有翅膀的樣子——躲過
千萬流星的燒烙與襲擊
為了繁衍後裔，期盼很久的
這場婚禮……我疲累已極；
他卻比新娘子更「神采翼翼」。
他調皮地借用花童的小手
撥弄帶露的捧花與新娘子的蕾絲裙襬
甚至還故意打開南窗，用薰風
吹亂他媳婦兒雕塑半天的瀏海……

他趕著跟證婚人搶麥克風
讓那個民意代表油亮的皮鞋踱躓了一下
他擠在麥克風前面　豎起大拇指，又
淘氣地比中指，毫不掩飾地
用唇語　大聲地跟我說：
「愛！」
還使眼色，叫我
一定要跟新娘子翻譯……

我要習慣，這樣子的父親！
還有他那一雙用彗星的尾巴
鍛鍊出來的　發亮的翅膀
在我忘了發邀請帖給他的婚禮上
父親並沒有生氣；他像一隻
忙碌的蜂鳥，臉上掛著比地心引力還輕的
微笑，熱絡地跟我不認識的親戚點頭致意
他……

他　不在乎沒有人看見他
我也不在乎所有人看見我
——在婚禮上
大方地
掉著眼淚

二〇一五年第十七屆磺溪文學創作獎新詩優選獎得獎作

飛過中國那一片夜色

——代擬黑蝙蝠中隊李滌塵與妻家書

淑儀吾妻如晤：

五十幾年不見了，妳跟孩子
——都好嗎？……還好嗎？　甚念！
勿念！　我還在朝鮮灣　大連到安東的沿海飛翔
P-2V偵察機也不知道　我們藏得那麼深的
誓言　想妳應該知道並且諒解

我不知道要把那千千萬萬次
起降的黑色嘴唇
蓋在破碎親情的哪個地方？

多少次
我帶著熱血到海的那邊偵查月色
儀表板的指針一直向國家偏航
夜幕是我們的外衣
翅膀這麼輕盈地鼓動
就是怕把冷戰拍熱……

告訴妳　妳別心驚
中國的高射炮——
睜著迷迷濛濛的眼睛
總是對我們無邊好奇
北斗七星在左　浮雲在右
成排掃來的砲彈　如果是
流星　可以許諾成全我們

多少願望？

我知道起飛的那片暮色可以掩飾激情
但怎麼也藏不了妳肚腹裡的遺腹子——
（我知道　在家裡　妳來不及跟我提起
就如我也從不曾跟妳說明……）
妳知道　我擅長低空飛行嗎？
彷彿再低、再低……——低到
比墓碑高一顆頭顱的位置
我就可以牽到妳跟孩子的手了

沒事！……真的沒事……祇是
要告訴妳　星星在我的翅翼之下
鐵幕關不住的　黎明即將來臨
原諒我！　淑儀吾妻
航線不小心稍微偏離了誓言
飛翼就要轉身
向著夜色的心臟飛去

北斗七星沒有妳的眼眸明亮
有妳的眸光指引——我便不會再迷航
陀螺儀可以搖擺；螺旋槳可以失速
衝破雲端的壯志之後
飛過中國那一片夜色
不管這世界如何俯仰旋轉
我總有自己最終的定軸，淑儀吾妻
妳看——前方有搖搖擺擺的
地平線等我降落——降落在妳
用淚水日夜擦拭過的　我們那張
結婚照片上……

二〇一六年竹塹文學獎現代詩第一名得獎作

自雄

又是一間賣南瓜濃湯的小館

午後，我在冷氣最旺盛的暗角
看著蕾絲窗簾舔盡最後一道斜陽

銀匙攪拌白胡椒與龍蝦肉末的時候
我想起了父親　他曾否沉浸在
母親懷我的喜悅中……他會不會
猜測　三十年後我在這裡的模樣
——跟他一樣　翹著二郎腳
為等待一片月光而心焦

在賣南瓜濃湯的小館，大家心照
不宣——攝護腺總是比慾望腫脹？
隔音如此良好的包廂　聽不見
捕漁人墜海的驚呼與浪濤……
而饕餮多好　在這裡，將會
積聚許多政商　哄你　小火爐
蒸開了沾抹青春費洛蒙的花瓣
前此我的詩人兄弟

也曾在此掩埋
「玫瑰的破綻」

你聽：有生蠔努力攀爬上岸
剖心界定——珍珠的價格
而蚌貝卻必須一再隱忍
……痛與憂傷……

不再；不再需要眼淚了。
備忘錄總是忘了忌日那一欄
父親啊　死前並不知道
我所有的苦衷與小三……
當然！我也不需要知道他的
我們假裝無知——各自完成
又各自隱瞞自己的
顧盼……

二〇一六年

原載二〇一六年九月十九日《聯合報・副刊》、選入《二〇一六臺灣詩選》（二魚文化，二〇一七）

顏艾琳（一九六八——）

評傳

顏艾琳（一九六八—），臺南人，輔仁大學歷史系畢業、臺北教育大學語文創作所肄業。顏艾琳自稱：早慧，晚熟，任性，小智不若愚。年輕時玩過搖滾樂團、劇場、地下刊物。參與過《薪火》詩刊。曾獲臺灣出版優秀青年獎、創世紀詩刊四十周年優選詩作獎、全國優秀詩人獎、吳濁流新詩正獎、中華民國文藝新詩獎章、第一屆兩岸桂冠詩人等。擔任新北市政府顧問、耕莘文教院顧問、韓國文學季刊《詩評》臺灣區顧問、大陸詩歌刊物顧問與網站專欄詩人。著有詩集：《骨皮肉》（時報，一九九七初版、二〇一八新版）、《她方》（聯經，二〇〇四）、《顏艾琳三十年自選詩集》（華品文創電子書，二〇一五）、《吃時間》（時報，二〇一九）等；詩作已譯成英、法、韓、日、西班牙文等，被選入臺、港等地各種華文教材，並被改編為流行歌、民謠、微電影、廣告、舞臺劇、現代舞、小劇場等。

《骨皮肉》是顏艾琳初闖詩壇的作品，以初生之犢的叛逆之姿，以敏銳女性的觸覺滿足，贏得詩壇長輩與同輩的注目：

「情人帶來一隻獸，／我輕撫它的脊椎骨。／它的毛髮以溫柔來回饋我易滿足的觸覺……」

「後來我的神經與它的神經接通了，／漸漸，感覺它的侵占。」

一九九七年出版的《骨皮肉》，陳克華譽之為「操控情慾的瑪麗蓮」，林群盛相信這是「瑪麗蓮夢露颱風」，從此成為顏艾琳的標記，隨身牽引，二十一年後二〇一八新版印行，盛況一波又一波翻湧而來，造就出寫作三十年，詩集至少五部，詩選一部，十分特殊的詩壇景象。關於「骨皮肉」三個字，作者有自己的指涉——骨（詩）：另類閱讀最愛啃的文字硬蕊；皮（意識）：不得不驚世書寫以包裝陰性的省思，肉（題材）：就在閱讀之後，你所能揭發的事實。顯然作者對於讀者是有所期待的，只是不知讀者腦中，「骨皮肉」又有什麼樣的承載與色彩。（蕭蕭）

雲之外，雨之內的冬天

今天的雲在準備流浪之前，
為何哭了？

孤單的小弟弟
撐著一支巨大的雨傘過街，
要去接安親班的妹妹。

我出來找一杯好喝的咖啡，
卻錯過翹班的他找我偷情。

斑鳩躲在欖仁樹上，
看幼稚園中班的小孩玩抓迷藏。

這世界如此寂寞，

又如此無常，
（剛剛一個失業的父親，
將自己很輕的肉體拍賣給死神。
四個小時之後，
那個小孩將永遠與父親玩躲貓貓。）

一些些熱鬧，
就讓無聊的人們願意活下去。
一些些佔有欲，
就讓虛無的人生有了慾望的癮。
一張地圖，
就產生出軌的綺想。
但是，雲知道
它不在這些日常裡，
被定位。
它只是被描述。
（某天，小妹妹被雨欺負）
被陪襯。
（我錯過一生中最激情的外遇，那天，烏雲）

被置外。
（爸爸就躲在雲的裡面）
除了下雨之外……
（整城的詩人都在吞百憂解）
（請問，有誰在雨天讀詩？）
被開除的雲，
我要去冬天的海邊安慰它。

二○○四年十月十二日初稿，十二月二十八日定稿
原載二○○六年一月《自由時報．副刊》

光陰之果

那蘋果太香、太美，
人們捨不得享用。

時光卻開始修正它。

一只安靜的水果，
體內聒噪，
腐壞的道理
在歌詠美麗的生命

那蘋果是一只小小的
封閉的租房，
給了時間
去閉關

二〇〇六年五月二十九日初稿於日本本棲寺，六月二日定稿於三重有品之家
原載《中國時報・副刊》，選入《二〇〇六臺灣詩選》（二魚文化，二〇〇七）

衣服

在骨盤右側

有一條五公分長的拉鍊，
醫生從那裡掏出
放了三十五年的盲腸。
肚子正中有一鈕扣
唯一一次從媽媽身上
解開了彼此；
她脫下我
我穿上「自己」。
我的鈕扣在十年前
也解開過一個嬰兒，
美麗無雙，被男人抱了去
視為己出。

疑？
人的一生
都穿著自己。
生的穿脫，是為了
求悟死的開解。

我這件衣服穿舊了，
天天污穢天天洗
已經不新鮮不流行了，
但我越穿越舒適。
這件衣服
誰也買不起、
誰穿了也不適合。
我認真地面對
只屬於我一輩子的時尚，
終究也算
自營品牌成功。

二〇〇七年九月二十九日 初稿，二〇一二年六月十五日二稿，七月二日定稿

原載二〇一二年八月十四日《人間福報・副刊》

第二個吻

夜晚已將行人隱沒，
我無法估據
這其中一角
或你。

剛剛我們吃了德國豬腳、
煎虱目魚肚、客家小炒、
喝了幾瓶臺灣啤酒……
其實，**呃**
已經太飽了。而你
呃，意猶未盡的
是什麼？**呃**？

你即將說出的，

是我早已知的答案
但能否不要說出。
此刻，我們等車的姿勢
也像在等待彼此的回覆；

最好車不要來。
最好車子趕快來。

車子和紅燈都是老虎，
眈眈而視此一結局。
在它們逼臨前的82秒，
你用一個混合著肉香
魚腥、酒氣的吻
提高了開戰的緊張。
燈，閃綠
你的吻還不結束，
我們開始如深夜和凌晨的關係，
難以界定地

曖昧了。

二〇一四年十月十九日初稿，二〇一五年四月十九日二稿，四月二十七日定稿

原載二〇一五年五月二十五日《聯合報・副刊》

沉海

面對愛情，我不是詞窮的詩人
面對你，我不召喚亡靈

那些在體內暗結的珍珠
因為磨合不適
隨著眼淚流產了
就算我體內淨空
裸露
我仍是那個蚌殼

你已經不在
我緊緊守著
只剩我一人
的記憶墓園

珠貝已磨成玉
我宛如深海的寶盒。

我決定阻止你
不可再進來，
因為我將沒有一絲隙縫

情海洶湧，投泳跟流屍
紛紛，不知死活
而你，已是解構後
的亡者

二〇一九年六月二十一日初稿，七月十七日定稿
原載二〇一九年十一月十九日《自由時報・副刊》

唐捐（一九六八——）

評傳

唐捐（劉正忠，一九六八—），嘉義大埔人，臺大文學博士。曾任教於東吳大學、清華大學，現為臺大中文系教授。一九八九年獲全國學生文學獎大專新詩第一名，崛起於詩壇。三十歲以前，連續獲得聯合報文學獎、時報文學獎、中央日報文學獎、梁實秋文學獎、年度詩獎等，後又於二〇〇三年獲得五四獎之青年文學獎。詩與散文兼擅，創作與評論並進。風格奠基於古典而銳意革新，優雅與奇詭並駕，經典與異端齊驅，文字每每出格，意象往往出人意表，在復古中轉化出新意，獨樹一幟。新世紀出版《無血的大戮》（寶瓶，二〇〇二）、《金臂勾》（蜃樓，二〇一一）、《蚱哭蜢笑王子面》（蜃樓，二〇一三）、《網友唐損印象記》（一人，二〇一六）等詩集四部，另有散文集《世界病時我亦病》、《大規模的沉默》等。

在詩的擂臺，唐捐運其摩羅神功，出入古今，刻意向曾經使他焦慮的前輩影響告別，以帶酸帶損帶毒帶廢的沉淪之情，在破壞中求創造。其語言既融合文言古雅，又擁抱臺語的通俗聲腔，看似輕佻的笑臉背後藏有一顆老辣的熱心，具有新時代情調。

詩人自云，「曾遊地下一千米，願御天邊萬里風」，又說他一向的志趣就在發揚古書所學，研發出寫詩的新「技倆」。他那拆解、拼裝、改造的作風，看似走偏鋒地胡攪蠻纏，其實是為擴大潑灑之幅度，為彌縫語音的縫隙、攀越語意的坡坎，試圖將反常合道的技法發揮到極致。老學究因思想古板未必會欣賞其怪招，新人類因無知於舊學只愛看熱鬧也未必知其門道。選自《金臂勾》、《蚱哭蜢笑王子面》的詩，約可查知這一風貌。

更具個人風格的〈楚墓殘簡：論語唐捐篇〉、〈貓靠妖〉則選自世紀初出版的《無血的大戮》。「狗彘食人食而不知檢」語出《孟子‧梁惠王》，意思是在豬狗也吃人食的年頭，為政者沒有防備飢荒的憂患意識，貪官惡吏橫行。詩中嵌入他的筆名，唐捐，是徒然虛耗落空的意思，面對喪亂哀毀，百姓終究是無助的。不具備《論語》、《詩經》素養，不能盡知此詩的悲憫與悲憤。另一首〈貓靠妖〉，其神交鬼神、穿越陰陽的意象思維，也是唐捐擅長的一個路數。（陳義芝）

楚墓殘簡：論語唐捐篇

1

狗彘食人食而不知檢
或吶喊或祈禱竟皆唐捐
我也曾搦筆如劍，在三人成虎的市井間，與虛構的猛獸惡鬥經年；我也曾瞠目結舌（閉目開心），在非驢非馬的國度裡，看軍警調搜捕新生的麒麟。砍頭但憑蒜皮，殺雞焉用牛刀。我們一度信仰的禮樂之功能，已被蕩少淫娃證明（為不行）；我們再三詛咒的必亡之亂臣，如今是人民仰望的昏君。在持其志的儒者之身裡，可否安置一顆，暴其氣的遊俠之心？看哪，經書上的血漬，聽哪，宗廟上的淫聲。子謂唐捐曰：「捐也好勇過我，無所取材。」

2

狗彘食人食而不知檢
或奮戰或荒淫竟皆唐捐

大道無非盡性，小子何莫學詩。我也曾誦詩三百，頭戴與臘肉等值的紗帽，在等因奉此的墨海中打滾。世界教我沈淪，詩不能糾正祭肉上營營飛舞的青蠅，詩不能糾正我愛的那個人如今正愛著別人，世界教我鬼混。我也曾浪跡遼遠的鄭魏，在甜膩的空氣裡，穿戴聲色織成的絲綢，盡性而爽身。輸掉盤纏，散盡精氣，忘光夫子的教誨，在烽火燼餘的野地，獵殺紛飛的哀鴻療飢。一旦拖著殘餘的身體破舊的靈魂歸鄉，子謂唐捐曰：「捐也始可與言詩矣。」

3

狗彘食人食而不知檢
或抗顏或屈膝竟皆唐捐

刑餘之人（或黥或刖或失明或無根）在山洞裡聚會，他們敲打鏽蝕的彝器伴奏，唱痛徹精髓的哀歌。餓極之人在樹上捕魚，他們暴露自己的器官與骨胳，誘引肥沃的鷹犬上鉤。市井間，明目張膽是買賣臉皮的勾當；鄉黨裡，為民服務是有錢存農會無錢農會借的謊言。我也曾委蛇從公，站在是與非的中線上，作出犬儒的笑容。心緒團團如麵，腦漿靡靡如粥，一旦拍桌而起，賢哉回也死陋巷，子路在罐頭。子謂唐捐曰：「毋拔來，毋報往，毋瀆神，毋循枉，毋測未至。」

4

狗彘食人食而不知檢
或瀆神或自瀆竟皆唐捐
日之夕矣，牛羊暴斃，蠹蟲進出腐敗的樑柱，喪家草草掩埋死去的父母。頹坐在荒蕪的井田中央，誦讀從師問學的簡牘，我不瞭解，謙和智慧的老人為何苦苦織就祭祀與殯喪的細節，我不瞭解，氣血循環的少年為何懼怕麻木不仁的鬼神。午夜看小刀，左胸忽如燒，我也曾赤身面對曠漠的天地發出捉狂的呼嚎，用火熱的回音烘乾濕漉漉的長髮，用冷笑冰敷自己的頭腦。是了，是的，夫子終日如喪考妣，傷腎乾肝焦肺，正是道入膏肓的徵候。子謂唐捐曰：「道者，悼也，君子無所不悼，敗腎而無悔。」

二〇〇一年

選自《無血的大戮》（寶瓶，二〇〇二）

貓靠妖

神而明之　貓在無人的曠野間嚎哭

我讀佛書　想像戀過的都變成白骨
焉知變成以後　更加銷魂
我愛白骨　感覺她們是純潔的天使
經云　好蜜塗刀　貪甜舐者　傷舌不知

血其薦矣　貓在無人的曠野間嚎哭
我讀佛書　了悟肉身來自恐怖的陰戶
焉知恐怖之中　如此絕美
我愛陰戶　情願長住　如溷中之豬
經云　身種非寶　不由淨生　從尿道出

氣將散乎　貓在無人的曠野間嚎哭
經云　受想行識　如病如癰如刺如殺
焉知病癰之際　這樣幸福
我愛刺殺　拔根割罣　這樣痛苦
貓曰　神而明之　血其薦矣　氣將散乎

二〇〇二年

選自《無血的大戮》（寶瓶，二〇〇二）

宅男詩抄

其一

1

學妹
乃一
凶宅

我在
其中
遇害

2

走肉
至於

我宅

剃掉如毛悲哀

3

她說魂兮歸來

雖然死了活該

4

感謝人間有愛

誰能
金剛
不壞

其二

1

學姊
乃一
豪宅

深受
惡犬
愛戴

2

翠瓦

唐捐作品

紅杏
盛開

我獨
牆外
徘徊

3

多情
多感
多病

寶盒
金鎖
塵埃

4

每天
存錢

十塊

期待
她被
法拍

二〇一一年

選自《金勾臂》（蚤樓，二〇一一）

微雨

A

雨是微微的思念，打擊
你的肉體（你撐著黑傘）
——醒的，不致暈眩
暈眩了的，也不會醒

雨是天干對地支的回答
雨是針線（徒然的）
試著縫補誰和誰之間的
裂痕。總之，雨真多情

B

雨裡有貓，和牠吃掉的魚
也有悵惘，和生出悵惘的
心，以及擁有這顆心的人
——它們都是雨的一部分

天空無語，卻有意思
可聽。貓的主人抱著貓
而他的心慢慢長毛
好在刮鬍刀已充電完畢

C

雨充實西瓜，但減低它的
甜；充實貓，且強化牠
的冷；也充實你而你並不
因此變得不甜或更冷

河流並不稀罕微雨的介入
有人在乎你。也許
是雨，使心變成貓的樣子
牠的眼裡有魚，但無神

二〇一一年

選自《蚱哭蜢笑王子面》（蜃樓，二〇一三）

大安

退出人群時，我心不安
登入臉書後，我變潘安

摸你的臉，摸不到心的溫涼
騎著多情的滑鼠，無情按讚
為什麼你笑時，我嘴角抽筋
你哭時，我的眼球好乾

二〇一二年
選自《蚱哭蜢笑王子面》（蜃樓，二〇一三）

隱　匿（一九六九——）

評　傳

隱匿（許桂芳，一九六九——），出生於彰化縣社頭鄉，曾在新北市淡水河畔經營小書店《有河book》十一年，現居臺南市東區。未加入過任何詩社。曾獲二〇一六年度詩獎、第五十屆吳濁流文學獎新詩首獎等。著有詩集：《自由肉體》（有河文化，二〇〇八）、《怎麼可能》（有河文化，二〇一一）、《冤獄》（有河文化，二〇一二）、《足夠的理由》（有河文化，二〇一五）、《永無止境的現在》（黑眼睛文化，二〇一八）。有河book玻璃詩集：《沒有時間足夠遠》、《兩次的河》。散文集：《河貓》、《十年有河》、《貓隱書店》。隱匿法譯詩選集《美的邊緣》，高滿德（Matthieu Kolatte）教授翻譯。

總覺得詩之於隱匿，信仰般堅定，豐美而自足，她說：「我逐漸成為一顆石頭。一株小草。／一個，即將滿溢出來的夢。」二〇一六年「年度詩獎」讚辭，可以佐釋她的詩：

「隱匿愛貓，自稱『貓奴』，在淡水經營書店，過日子。日子似乎過得安靜，內向，不太參與外界的活動。她的詩很安靜，內斂，予人真誠感，好像還帶著憂鬱的性格，和潔癖；作詩的潔癖，遠離流俗的腔調；宗教般的安靜內斂中，搬演著動人心弦的劇情。」

隱匿的詩藝擅用對比，從容遊走在抽象與具象之間，她的詩呼喚自然，有一種溫柔的特質，卻不乏怒目批判，總是以分行書寫叩問生命處境，和宇宙的奧義。其文字簡練，寫景生動，抒情細膩，有效寓情於景。技法成熟而準確，無論隱喻，象徵，皆自細微處表現美，悟境，和深情。

（焦桐）

活著寫詩

在一顆小星星底下寫詩，在一片
落葉的時間寫詩。在履歷表、
病歷表、貓咪送養切結書。
在咖啡的苦、哈密瓜的蜜、愛玉冰的愛。
在黑暗裡，寫白晃晃的詩。滿載
火把與風，與燎原的鑽石廣告。
在甲蟲的時間、老樹的遠望。
在乩童的口沫混合著血。在可憐的
小女孩，與一支正要燒完的火柴。
如此平均分配，每夢一百首，每首經歷
五億個地震，半個時代。

二〇〇七年

選自《自由肉體》（有河文化，二〇〇八）

〇·〇一八秒

我左手捧讀一本詩集
右手撫摸一隻貓咪
睡夢中的額頭

句子通過我
來到了一片
飛翔的天空

唯有在這樣的剎那
輕輕的雷聲通過我
句子找到它的光亮

唯有在這些滿溢出來的剎那
純粹的悲喜通過

肉體的自由
詩無處不在
只是我們
經常不在

詩人的功課

要痛痛快快的
放棄大多數的讀者

要非常謙虛
在每一首詩的面前
像個不識字的人

二〇〇九年

選自《怎麼可能》（有河文化，二〇一一）

要非常狂妄
知道這首詩不屬於我
但別人也寫不出來

要非常輕鬆
就像放屁或打噴嚏一樣的
隨便亂寫

要非常嚴肅
除了一條爛命
詩不要求其他的

不管寫了多少年
只要發現還有一件事
比寫詩更有意思

立刻放棄寫詩

包袱與洋蔥

肉身與石頭等重
壽命和刑期的意義
沒有什麼不同

打開這個
與生俱來的包袱
每一次都大受刺激
每一次都驚訝於
它的裡面
還有裡面

選自《怎麼可能》（有河文化，二〇一一）
二〇一一年

雖然
時間並不存在
時間使得內在
更接近外在

時間使得一顆石頭
變成一朵雲

二〇一二年

選自《冤獄》（有河文化，二〇一二）

回答

是的，我沒有旅行的需要，至少目前如此。
我逐漸成為一顆石頭。一株小草。
一個，即將滿溢出來的夢。

我將觸鬚往地底延伸，經過蚯蚓和螞蟻。
我讓水流沖刷，直到長出一身的青苔。
我不需要移動。但是，有許多故事經過我。

就像此刻，一位遠遊歸來的朋友，坐在我對面。
他的臉上寫滿了許多、許多的故事。
或許，已經太多了。

因此有時，我必須化入遠山的茸綠之中。
我必須化入，藍天裡，那棉白柔軟的想像之中。
把四周的聲音都關掉。

等我再次開啟的時候：
閃電照亮雲朵的邊緣，將整片天空點燃。
兩隻交尾的蜜蜂，在蜜瓶裡扭動，無所畏懼。
一串串垂掛的豆莢，在夏天的尾聲裡，咯咯地發笑。
一顆流星劃過……

永無止盡的細節，讓我遁入其中。越來越遠。
越來越渺小。越來越滿足。

造物，充滿了幽默。
陽光均勻，雨水公平。
而就在現在，我們唯一擁有的現在。
永無止盡的時間，再度更換了眼前的屏幕。

二〇一四年

選自《足夠的理由》（有河文化，二〇一五）

王宗仁（一九七〇——）

評傳

王宗仁（一九七〇—），彰化人。玄奘大學中文所碩士，目前從事公職，並於大學兼授臺灣文學課程。寫新詩，得過林榮三文學獎、臺北文學獎；寫臺語詩，得過教育部閩客語文學獎；寫童詩，得過新北市、基隆市文學獎；喜歡構思廣告短句，得過myfone行動創作獎訊息首獎、三次「年度廣告金句創作獎」；寫歌詞，被譜曲成為永久使用之「中華民國全國大專校院運動會會歌」。目前義務擔任「社團法人中華民國身心障礙者自立更生創業協會」顧問暨刊物副總編輯，更與「法務部矯正署」合作文學教化活動，至監獄內教導受刑人閱讀寫作；長期擔任「文化部中小學生優良課外讀物評選」、「文化部推廣文學閱讀及人文活動補助」等各級文學獎評審。著有詩集《象與像的臨界》（爾雅，二〇〇八）、散文詩集《詩歌》（遠景，二〇一六）等六部；童詩集《童詩動物園》、地誌詩集《風土》即將出版。

玄奘大學中文研究所期間，王宗仁研究二二八事件、白色恐怖的直接受害詩人曹開（一九二九—一九九七）。曹開，彰化員林人，從事醫療相關事業，一九四九年涉入叛亂組織罪名被捕，囚禁火燒島十年，這一生創作了一千五百首新詩，涵括數學詩、獄中詩、醫事詩、科技詩，描述獄中困頓、控訴政治迫害，紀錄了世人所陌生的牢獄生活。王宗仁一方面展開《曹開新詩研究》，一方面也編輯了曹開的新詩作品加以出版，晨星版的《給小數點臺灣——曹開數學詩集》（二〇〇七）、文建會的《悲・怨・火燒島——白色恐怖受難者曹開獄中詩集》（二〇〇八），都有王宗仁耙梳、整理的痕跡。

王宗仁一直在行政公務系統工作，接觸的是人，觀察的是事，尤其受到曹開數學詩、醫事科技詩的啟發，他也開始注意「物」的精密結構可能為詩帶來的準確度的要求。王宗仁服務的對象一直是人，庶民、草民、身心障礙者，還幾度前往監獄內教導受刑人讀書寫作，更生，翻身，成為他內心極為深刻的祈願，所以在詩的語言上，他採取舒放通暢的生活語言，可能是臺灣散文詩從第一代商禽、第二代蘇紹連沿襲下來的第三代主要接班人，迭有佳績；但在詩的內涵上，他尊崇人的尊嚴，關懷肢體、顏面、社會生活受到傷害的人，甚至於遙遠而陌生的國度，呈現出另一種異國風情，在新世紀的現代詩寫作中，綻放光彩。（蕭蕭）

現在

我喜歡現在的我
不去想，頹瓦什麼時候
被月亮磨破，老到無力遮蔽
一宿，或者一個極短篇的夢

我喜歡現在的我
不去想，風聲過早
吹皺一條長廊的笑聲，甚至
驅趕自己的影子
如在童話故事裡誤傷了麋鹿

然而我都想，都呼救了。那惱人的念頭
趴在十條街之外，像銅像
等待抗議的隊伍搜身。還好

受想行識會像佈景那樣撤去
我不用交出歷史
我可以擊筑輕歌
聆聽自己，聽寂靜從最遠的缺口歸來
告訴我，此刻是幸福的
即使我的顱顏埋著一個陷阱
誤傷過麋鹿；即使我的唇
因顎裂而練習許久，才終於
把屋簷上的貓請回
應許牠，在玻璃餐桌上
留下半透明的流浪備份計畫

容我慢慢延續此在
而此刻靜好，靜美
我是我的信徒

二〇一一年第九屆宗教文學獎得獎作

父親．我的詩

父親寫詩。那時他還單身
敏感，矯健
且善於用典，從家傳有據的貧窮裡
深深地挖出一句句比況和譬喻
構設憂悒與快樂的比例，細微地
將青春積蓄

後來父親寫詩，像愛
母親的長髮和淺淺依賴
在歡愉的韻腳裡，找到最美的棲息
然後為陸續出生的數個篇章
命名，並賦予信仰

學父親寫詩時，我才剛明瞭家的意義

偶會失眠，心悸。每個擱淺的夜
自他鼾聲的複返中
父子彷彿可以交換數十年白晝裡
從未說出口的關懷和祕密

父親體內有詩，從二〇一〇年秋開始
那些在體內不斷與器官辯思
不斷轉移焦點的數十億個變異字
性惡，而無法卻除的量詞
帶出孱弱的懷舊病灶。每日早晨
他會掉入時差，於餐桌上與過往念叨
我們全都默默拌入碗裡
他不知道
在腫瘤挾持之下，這是全家人唯一能夠
確切贖回的少數春曉

然而父親啊！會是我永遠的詩
儘管在鼓噪蕩激的世界裡

我就要逐漸
聽不見，他所輕聲念誦的自己

二〇一二年新北市文學獎得獎作

在這裡

一九四〇年四月，蘇聯在「卡廷森林」對被俘的波蘭軍民進行大規模屠殺，這些身分包括作家、教授、醫生、律師、記者以及飛行員等等的遇難者，人數多達二萬二千人。二〇一〇年四月十日俄羅斯總理普廷邀請波蘭總統共同追悼卡廷大屠殺七十週年，波蘭總統及隨行人員卻於卡廷森林墜機身亡。

我們在平常的日子網拍購物
一盒盒手工餅乾從焦糖裡偉大起來
（在美好的盛世
感覺甜甜的東西都很偉大）
我們又隨手點閱
其它的衣服都穿在對的季節

只有　這件
有人特地高掛的血衣（再往下
看）像是七十年前的一塊焦土
泥坑中抖出的布塊
褐色的，像我說的餅乾，有著手作的
歷史，卻是螞蟻無法搬動的記憶（顯然
是賣家的行動劇，一種揭顯
有意無意）

我撥開咖啡上的奶泡拉花
霧中的卡廷森林
從金屬與馬克杯的瓷緣敲出那年槍擊
亞熱帶書房變成全螢幕的暴雨
原來，我們美好的盛世
華麗的自由
曾經是獸與非獸的佔領區

在這裡，我喝下午茶，瀏覽網頁的

這裡，某情人、作家與軍官遇難的森林
波蘭又迫降了一次
當我點閱，今日以昨日的重量撞毀
悼亡者與被悼亡者
被悼亡者與另一名被悼亡者
層層疊疊的黑夜，比黑夜更黑
白樺與松樹暗示：
二萬人的血與肉太過肥沃
像槍，從來沒有枯過

我想，想著他們的情人如何隱瞞自己的眼睛
說看不見代表活下來了
有一天，不多久，就會敲門進來
像某教授繼續在他的波蘭
研究質子如何因為悲憫
而有化學的變化
像記者遠離前線，遠離諸神的好奇
回到孩子的酣甜裡

說蒼蠅歡迎的夢都不算太壞
像我在這裡
感覺甜甜的東西都很偉大
居家，偶爾演講，或心神游移
一如待人招領的失物
再見是說短暫離開，回來是說站立與坐
不無艱難。不是長長的致歉函
媲美一種遺忘

二〇一四年第十屆林榮三文學獎得獎作

玫瑰的凋萎——致阿斯瑪・阿薩德

二〇一二年四月，英國與德國駐聯合國大使夫人在youtube推出「International Letter & Petition to Asma al-Assad」活動，在四分鐘的影片中，感性呼籲被稱為「沙漠玫瑰」、「敘利亞黛妃」的敘利亞第一夫人挺身而出，制止阿薩德政權的暴力屠殺；但截至二〇一四年六月這場內戰仍未停止，造成十五萬人死亡，另有數百萬人無家可歸（http://www.youtube.com/watch?v=SzUViTShlAo）。

沒有血色了，阿斯瑪。我看見
從煙硝中飄墜的人質
耽延在衝突與悲鳴的佔領區中
還未能用長嘆對抗子彈，敲擊出
足夠壯盛的自由，就已遇難。時間既貧且癱
當今日又被昨日的皸裂撞毀，我想起
妳曾用好聽的音調，為家國呢喃出好看的輪廓
而承諾，像被雷聲愈壓愈低的天堂
終究在種族的塌陷中爆破

Dear阿斯瑪，那並非沒有選擇
只是妳故意遺忘。如果……如果，母親
妻子，這些遍體鱗傷的稱謂，仍無法讓妳
和妳子女的父親面面相覷
流亡、恐懼，將繼續撩撥敘利亞的脾氣
焚燃歲月皺摺裡，原該愛與被愛的真理

阿斯瑪！當硝煙燥熱地扣下扳機

喝令數十萬個名姓，誠實繳出焦黑的頭顱、肢體
而胸口埋藏冷光，在官邸擺弄形象，複沓
如芭蕾，並提煉高甜度奢華的阿斯瑪
妳還躲藏於風切的時尚背後
繼續想像與黛安娜共乘一部禮車
駛入被校正過的歡呼中，避開良知追逐
偷偷瀝乾禱詞反處最苦澀的殺戮嗎？

這世界剛剛譯好一封四分鐘的道德
內含孩子的膚色、頰渦，以及各種
死亡、驚懾，等妳前來認領
那並不艱難，不需要長長的致歉函
只要還有顆淚珠，願意真正面對權力的魃旱
再度晶瑩，久遠前曾蒸蔚在諸神眼角
潤濕的和平

二〇一四年臺灣文學館好詩大家寫得獎作

凌性傑（一九七四——）

評傳

凌性傑（一九七四—），高雄人。臺灣師大國文系、中正大學中文所碩士班畢業，東華大學中文所博士班肄業。現任教於建國中學。曾獲臺灣文學獎、林榮三文學獎、中國時報文學獎、中央日報文學獎、梁實秋文學獎、教育部文藝獎。著有《男孩路》、《自己的看法》、《彷彿若有光》、《陪你讀的書》等，詩集有《解釋學的春天》（松濤文社，二〇〇四）、《海誓》（松濤文社，二〇〇八、麥田，二〇一七）、《愛抵達》（馥林文化，二〇一〇）、《有信仰的人》（馥林文化，二〇一一）、《島語》（麥田，二〇一七）；編著有《二〇一八臺灣詩選》、《靈魂的領地：國民散文讀本》（楊佳嫻合編）、《人情的流轉：國民小說讀本》（石曉楓合編）、《另一種日常：生活美學讀本》（范宜如合編）、《青春散文選》（吳岱穎合編）等。

凌性傑的詩藝繼承了溫柔敦厚的傳統詩教，對文字十分敏銳，意象的經營不斷翻新，準確，新穎而富於隱喻。讀他的詩，彷彿被一種寬廣的胸襟所包容，寧靜，堅定，緩慢，予人優雅從容的生活感。

他的藝術胸襟遼闊，歌頌美，歌頌愛，關懷蒼生，關懷家國。值得一提的是泰半主題不明顯；然則好詩大多主題模糊，理性淡薄。這不是無意間的巧合，而是一種處理技術，刻意刷淡主題，不讓理性過度干預抒情韻律。

也許是這種美學手段，凌性傑的情詩尤其精采，情思有效融入美妙的音樂中，雲淡風輕般，節制卻飽滿；斷句很自然，又能出人意表，首尾呼應得很完整。（焦桐）

螢火蟲之夢

用尾端，輕輕，就能頂住全世界的黑暗
死亡或遺忘。我便這樣不由自主的發光

沒有誰教我如何祈求一場露水一頓晚餐
沒有誰教我怎樣尋覓一片水澤讓身體依靠
但彷彿有誰在我們之上端坐凝視
不說話，只安靜整理自己的思想
草叢中腐爛的聲音似有似無
我與同類爭相前往沒有光的地方
在飛翔中睡眠，睡眠中飛翔
最好是這樣，五月的雨剛剛降下
慾望，潮濕而溫暖
而我似乎已經懂得了什麼
懂得了應該做些什麼

有一個夢我進入它
有一個傾斜旋轉著的星球
我在它身上盡情排泄、舞蹈
此時此刻，神祇都已告退
遠天的星光似乎與我們無關
逕自閃爍希望或失望的淚水
微風吹動蕨葉，孢子盈盈的飛散
水聲開始潺潺，魚族興奮的產卵
我感到非常非常孤獨，並且應該
與什麼一樣，本能的相互尋找
碰觸彼此的憂傷、彼此的光亮
然後擁有更多的快樂
完整的黑暗

輕輕頂住，我以及我的光
那生殖的氣味
正在相互激盪呼喊

La dolce vita

——義大利文，甜蜜生活之意
為我親愛的那人而作

我也會在生活的此地說他國的言語
讓脣齒輕輕開啟威尼斯與天空
陽光下橫掛著棉繩晾曬那些
一再被生活穿上又脫掉的身體
那些笑聲隔著門窗閃耀
玫瑰盛開一天有好多次
在臂彎所及開始一天兩個人

我要去哪裡？我們要往哪裡去？
兩種問法都教我們的人生離題

二〇〇三年第二十六屆時報文學獎新詩首獎得獎作
選自《解釋學的春天》（松濤文社，二〇〇四）

花園裡的歧路使我對你充滿鄉愁
除了眼前所見，我們已然一無所知
那是我和你之間，也是我們之間
一個世界瀰漫水霧
還有模糊的香氣

這時候如果沒有我，你要去哪裡？
如果我忘記你，無法分辨什麼是
生活、什麼是日常，什麼是去去就回
你願意為我把那些過往的事物一一
命名並且貼上重新使用的標籤嗎？
讓我無知的快樂著，想像世界靜止
同一時間做同一個人你也願意嗎？

你不是我的、我也不是你的他人
雖然有時兩個人不代表我們
但是用皮膚就可以理解所有
形而上的問題，至於形而下的疑慮

則在不斷起伏辯證的左胸底
我伸舌舔著單球冰淇淋
那是整座佛羅倫斯，文明的天氣
或者歷史的陰雨。當我們
並肩走向一個叫做未來的地方
教堂頂端又傳出信仰與鐘響
我只是這樣一個人信你不疑

在我們的境內有一種神祕
有一種美好的抵達我不想忘記
我們翻譯著彼此，做著同樣的夢
有一把鑰匙可以打開所有的門
生活的甜蜜不在他方而在這
當下，讓我用聲音用簡單的思想
蓋一棟房子叫巴摩蘇羅，意思是
思慕太陽。哪裡都不想去了
就在這裡，餐桌上擺滿理想
我甘心在這裡把一生用完

就是在這裡，在睡眠之前
還有一點遙遠的光與暗
讓世間萬物安安靜靜
各自找到各自的房間

二〇〇五年第一屆林榮三文學獎新詩二獎得獎作
選自《海誓》（松濤文社，二〇〇八、麥田，二〇一七）

有信仰的人

從此我需要一場神祕的聖戰
讓不安的靈魂得著信靠
要有一座天空，祝福環抱
完整而無遮蔽的藍
風中有和平的信息
塔頂的大鐘也被敲響

我還要有一種思想，乾淨的
一種信仰，在炮火覆蓋的此城
成為一種力量。我要有主義可以
奉行，像每一隻蛾撲向牠願意親近的光
先知躺臥在墓園，雜草任意生長
要有希望與愛的時候，就有了
希望，愛是橄欖枝葉不斷伸展
鴿子奮力飛翔
鷹隼盤旋在大河沿岸

我要按時修剪自己臉頰的髭鬚，
歧出的思想。按時趴跪在真理之前
辨認魔鬼與主上，光明或黑暗
唇上綻開經文，有玫瑰氣味的誦詞擴散
啊，歡喜，快樂，為著義人的義而讚嘆
父親訓練我不懷疑，做人要正直勇敢
聆聽遠方傳來的亮光，一切真實無妄
即使仇敵有虎豹的爪、餓狼的牙

患難之日我想念親愛的媽媽
親愛的乳汁飽漲，洗滌我的憂傷
她餵我葡萄乾果，我偏愛鮮搾的櫻桃
所謂美好人生那麼甜那麼酸
無所謂恐怖不恐怖，我有熱血流盪
乾燥的田野罌粟花漫無目的盛放

拉上面罩我有一顆清潔的心
就是這個時候，槍已經上膛
就是這個時候，我把自己充滿
我已經把自己充滿

二〇〇六年臺灣文學獎新詩首獎得獎作
選自《有信仰的人》（馥林文化，二〇一一）

左營孔廟偶得

我感到無與倫比的巨大
因為那些被天命所成全的：
王位、冠冕，良善的政權
潛入夏日午後，樹影深深
陽光掀開我的眼簾
燕子啄去歷史的碎片
在萬仞宮牆與蓮花池
之間，在蟬聲與掉落的
時代記憶之間
我想著他只是一個人
一個人守著文明的道理

他贊成在春服裁好的時候
一起走向溫暖的水邊

非常喜悅的唱歌
與他喜歡的世界相對
只不過常常無法拒絕
世界的秩序剎那間傾頹
在流浪的路途中
用光最後一點存糧
他或許也這麼相信
擁有堅強靈魂的人
慈悲並不是一擊就碎

並不會一擊就碎的
教養與愛，倒影於水中
萬事萬物都相信於他
我願意與他從事同一種行業
卻無法不困惑幾千年
一個人怎麼變成神
思想成為宗教
身體變作廟堂

曾經，受自己的傷
也受時代的傷

神祕偶爾是不受歡迎的
我聆聽著美，天地陌生的美
聆聽恐懼、遠方的奧義
把精神與意志填進了
舊城的磚瓦隙縫
收起手中的素描本
小小的心願突然
變得巨大無比

生命游擊
——讀切．格瓦拉畫傳擬代而作

我很好，只不過有輕微的

選自《有信仰的人》（褒林文化，二〇一一）

哮喘，與過多的理想
我很好只不過因為小感冒
被遺棄在時間的大床

在世界的邊緣絕糧
我將結束我的慈愛
跟其他人一樣，由這個戰場退敗
到另一個不見陽光的地方
左手拿煙斗，右手持槍
我仍然迷戀真理以及希望

扶正扁帽上的星星，我說
「堅強起來，才不會丟失溫柔。」
知識和良心曾經令我絕望
只有音樂令我飽滿令我
能夠繼續溫柔的抵抗
所幸我並未成功
趕不上這世界的蒼老

最初的熱情陪我到最後
我知道我無法待在同一個屋子裡了
我也有虔誠的信仰，直到子彈用完
流星群把天空擦亮

就在無花果村他們割下我的手
多年以後的年輕人穿著我的理想我的頭
這一生已經足夠
夠我享用咖啡、雪茄、酒
夠我向著死亡前進
百合花在高原上擊發
天空傳來槍響

倒下的那一刻我記得
我沒有吉他在手

原載二〇一七年十月九日《鏡文化》
選自《島語》（麥田，二〇一七）

另一種生活

我喜歡變化無常的事物
充足的陽光，不曾開始的
信仰。你想知道嗎
安然而坐之時，將會看見什麼？
鴿子在遠方飛翔，銜來一則
未經修飾的洪水神話

我們對望靈魂深處，每天
一起走進最黑暗的房間
用手機寫家書，用滑鼠
點開一千個陌生的世界
耳機裡有麋鹿奔跑
冰層碎裂的氣味
無止盡的複製別人的愛與憂

至於自己的快樂就藏在藍色吉他之中

重新相遇之時那些我們
所說的，花與果實，不死的種子
都成為深深相信的了

選自《島語》（麥田，二〇一七）

李長青（一九七五——）

評傳

李長青（一九七五—），生於高雄，定居臺中。《臺文戰線》同仁，社團法人臺中市文化推廣協會理事，靜宜大學臺灣文學系兼任講師，財團法人吳濁流文學獎基金會董事。詩作曾獲文建會臺灣文學獎，聯合報文學獎，教育部文藝創作獎，自由時報林榮三文學獎，鄭福田生態文學獎，教育部臺灣本土語言文學獎，臺灣文學獎創作類金典獎，臺灣年度詩選「年度詩獎」等。新世紀之後著有詩集《落葉集》（爾雅，二〇〇五）、《陪你回高雄》（高雄市文化局，二〇〇八）、《江湖》（聯合文學，二〇〇八）、《人生是電動玩具》（高雄市文化局，二〇一〇）、《海少年》（高雄市文化局，二〇一一）、《給世界的筆記》（九歌，二〇一一）、《風聲》（九歌，二〇一四）、《愛與寂寥都曾經發生》（斑馬線，二〇一九）等，文集《詩田長青》，合編《躍場：臺灣當代散文詩詩人選》，編有《當代臺灣新詩一百首：一九四九—二〇一九》。

李長青從一九九七年就讀臺中師範學院大四時開始發表詩作，翌年就以詩作〈開罐器〉被選入《一九九八年臺灣文學選》而崛起詩壇。他的創作力旺盛，除在報章雜誌發表詩作外，也頻繁參加全國性和地方性的文學獎，先後獲得吳濁流新詩獎、各大報文學獎詩獎，以及數十個地方文學獎。二〇〇五年出版第一本詩集《落葉集》，以「落葉」為主題，寫出六十四首具有「落葉」符號象徵意涵的詩作，既承續而又顛覆固有符號與文化系統的「落葉」觀，表現出分歧、甚至反向的新解，成為新世紀後頗受矚目的詩人，截至二〇一九年出版詩集《愛與寂寥都曾經發生》，累計已有八本詩集，創作力之旺盛，由此可見。

李長青的詩，早期從寫實主義出發，對於臺灣社會提出批判，又能在語言上駕繁於簡，明澈乾淨；近期則試圖結合後現代書寫，挖掘物象與現象的內在意涵，或顛覆既有意涵，重行拼貼、再構。此外，他也同時進行臺語詩的創作，兩本臺語詩集《江湖》、《風聲》，觸及國家認同與臺灣歷史與風土的種種議題，並且與世界展開對話，格局寬廣。語言則能融匯當代臺語多重聲調，展現異於前行詩人的風格，一開臺語詩典麗與素直並存的語境，為臺語現代詩的書寫開出一條新路。（向陽）

六十七號的孩子們

——紀念Lisa Tetzner（一八九四—一九六三）

彩虹應當擁有，簡單美好的起源
在柏林教堂殘破的邊牆，時光曾是
一篇詩意蓬勃的經文

（當童年的玩伴成為政團的槍套
成為神祕的警察；國族的寫法
被圈讀為神聖的斷句，被倥傯
被齊聲朗誦，被考據為鏗鏘的
章節，被印刷為光明的修辭學）

六十七號的孩子們，有人開始
學會納粹，有人被迫
蒐集一些不能發聲的拼音

公寓樓下，是諸神熒熒懺悔的牧場
樓上是蒙太奇，糾雜著語法的翅膀與童話的
月亮，一些蕭條的光影
在戰後，殘映每一座陌生的森林

故事書裡，生日願望依然恍惚
回家的路途依然蜿蜒，市區與鄉下
生計依然忐忑著皸裂的乾糧

六十七號的孩子們，有人已經熟練
玄奧詭譎的倒裝句型，有人學會焚夜
學會排列不同基因的星宿與生辰

啊，多麼遙遠的青春
多麼蒼老的掌紋，曾經密佈著
威瑪共和的亡魂。祕密的條款
注釋最後一條天際線，世界已經

變成多麼亞利安的黃昏

時代是謎，是一段關於劫掠的暗喻
是一雙詩意驟滅的眼睛，六十七號的
孩子們，隨著家人，偷偷避開教會
流離於沒有門縫的天涯

有人坐船前往，南美洲煢煢幽微的
甲板，有人在闃暗陰冷的閣樓，默默修改
歪斜的日記，在記憶的封底
在夢的小徑，六十七號的孩子們
不忘貼上圖案晦澀的卡通貼紙

童謠應當傳唱，應當流轉美麗的山崗
與河床，兵燹的灰燼已然清明，血的伏流
轉品為過境的風雪，那一場鄉愁的敘事
　曾是一篇澄澈真摯的禱辭……

二〇〇六第二十八屆聯合報文學獎新詩獎得獎作

電風

日時暗暝
無故鄉的人
袂曉看黃昏的光線

轉來踅去
世事已經吹盡

毋是溫馴抑是剛烈的節氣
毋是原汁原味的歌詩

有一寡話
永遠無法度自然
講出喙

選自《江湖》（聯合文學，二〇〇八）

隱喻

許多已經完成或者未完成的
生活的隱喻，在我們摯愛的島嶼
應當如何命題？例如
憂傷的草原，微燙的晚風，例如
帝國曾經鏗鏘的口音
與深秋，革命之後
為什麼依舊殘喘著沉默的土地

我看見你，仍在被殖民叶韻的
拼音字母裡，獨自思慮，想像，書寫……

（我慢慢張開臺灣地圖的眼睛
注視著，近乎失去身形
蕞爾島國的內心

曾經，海岸失去名與姓
歷史的經緯，被幾個夏季
陌生的海上颱風貧瘠：
奧倫治城，熱蘭遮城，普羅明遮城……
這些磚瓦，仍嵌著
西拉雅與臺江，懵懂的比例尺）

儘管世界分崩離析，你
仍在語言不斷漂流的縫隙
觀想，斟酌，祈求……
非洲大草原樸實遼闊的意象

儘管世界破碎殘缺，倦鳥低空
理羽，或者哀鳴
你的筆，仍像堅韌的翅翼
執意緩緩穿越第三世界
幽深的黃昏，在金色的暮靄中

靜靜臨摹
曾經囁嚅的神話

（在深深淺淺的夢囈中，潮汐
調勻了淡水，聖薩爾瓦多城，聖多明各城
金山，大龍峒……
混合的彩虹，漸漸流入噶瑪蘭
廣袤的筋路，滾燙著
不同血緣的鼎邊趖

直至後現代的夜市廟口
那些芳草與古道，仍在歷史的鍋底
湯頭島嶼的文明）

你說，無垠的沙漠
一直真誠擁抱自己熾燙的
內心，那些圍繞著岩礫
而輪替的晝，與夜

無聲的靈魂以及生命中種種不可承受的輕
與重，應當如何度量？

謎底曾是上帝的箭，慈悲與寬容
曾經在哪裡失手？基督教義，伊博格內戰
或者夢幻的比亞法拉
共和國？小說裡的蟻丘
仍將不斷搬演，自己的月暈與傳說
黑色的叢林與滂沱

（我漸漸明白，與你摯愛的
奈及利亞情況相同，儘管世界
分崩離析，花束的波濤
仍將持續拍擊黎明的礁岸
與星斗，心事的隱喻
島嶼的河床，仍會持續尋找
記憶，繚繞，深鑿……）

註：同時具備小說家與詩人身分的奈及利亞作家阿奇貝（Chinua Achebe，一九三〇—），其代表作《Things Fall Apart》（一九五八）在臺灣有《生命中不可承受之重》、《解體》、《分崩離析》、《四分五裂》等不同譯本。

「Things Fall Apart」摘自愛爾蘭詩人葉慈（W. B. Yeats，一八六五—一九三九）的詩句：「Things fall apart; the centre cannot hold.」（事物分崩離析，中心無法保持）。

二〇一〇年教育部文藝創作獎得獎作

姓名學

1. 冠姓

用衛星導航煙硝與彈匣的蒙太奇
用灰燼剪接安詳的松鼠與果蒂
把野薑捕蠅鐵蒺藜菅芒小檗等等
饒舌咬舌的俗名學名，夢囈的孩子

甚至螢火蟲的腹胸都冠上你
鑲上我戴上他父兄的帝國屬姓

天空與海洋都嵌入陌生的經緯
然後用異國熱帶的殖民地唇語
拼音，造句，再造飛機

2.夕暴雨[1]

當冷氣團從深沉的內陸轉品
島嶼低壓的鋒面為高壓赤紅的
封面，時代脫落的裝線
遂被迫改版，肅穆的雲圖

西北雨後的濕氣那麼重，那麼痀僂
失憶的竹蜻蜓已無法飛抵殘餘的童年
水漬窗檯，模糊氤氳
風雨洗盡滴滴答答的一九四七

天馬茶房那麼沉默的屋簷

3.火把

為了幫非常不美麗的那一家雜誌社
上妝，警棍只好填充型號一九七九的胭脂
大港埔圓環被穿戴成血色的耳勾
在不同口吻的魔鏡裡，許多眼瞼與頰骨
不斷被撲粉，被拒馬刷出紅潤的層次

那些盾牌與防毒面具都懂得輕聲
細語，說火把沒有名
沒有姓，被灼傷的公園只能立紀念碑
或改建SRC鋼骨結構的調查局

4.足印

在碑文或郊區重新栽植的樹蔭下

幾片落葉，靜靜棲止
揣想曾被濃霧帶離的足印

趾痕就一直晾在靜坐的內心
那些年，天空不時堆疊詭譎的雲
捲起來不及命名的雨

那些年，你曾為遊行的韻腳造字
為革命的註解眉批，筆劃寫滿不安的
島嶼——這個仍未周全的釋義

那些年，你曾是來不及命名的
疾雷與閃電，映在鐵窗嚴寒的月色
沁滿歧義，像長夜等待黎明

5. 乳名

儘管蝴蝶曾被窒成戚戚的

標本，被典故，也被紮成中國結
神州山河蟲魚鳥獸
卻也讓一枚鏤著一九八七的銜章
匀匀落了款

嘉南平原午後硿窯的
墨蘊，逐漸穿越清朗的星空
鄉愁被拓印，生命與記憶
棧棧篤實的藏書票，牢牢貼合
愛與希望，純真的乳名

註1：夕暴雨，即西北雨原音原典。

二〇一一年第七屆自由時報林榮三文學獎新詩獎

選入《二〇一一臺灣詩選》（二魚文化，二〇一二）、《二〇一一年臺灣現代詩選》（春暉，二〇一二）

鯨向海（一九七六——）

評傳

鯨向海（林志光，一九七六—），生於臺灣桃園，醫學系畢。精神科專科醫師。著有詩集《通緝犯》（木馬文化，二〇〇二）、《精神病院》（大塊文化，二〇〇六）、《大雄》（麥田，二〇〇九）、《犄角》（大塊文化，二〇一二）、《A夢》（逗點文創，二〇一五）、《每天都在膨脹》（大塊文化，二〇一八），散文集《沿海岸線徵友》、《銀河系焊接工人》等。

鯨向海的詩意象清明；語言曉暢，慧黠；隱喻新穎，奇特，幽默，常處理人性本質，性別意識，和社會現實。此外，他的醫師專業，詩作不免多涉及醫病主題。

二〇一二年度詩獎讚辭：衝浪於網路，跨界到平媒，新一代代言者級的詩人。由抵禦身體與制度的鉗制出發，探挖靈肉糾葛，射擊社會禁錮，題材由微至廣，語言卸重了歷史包袱，平淺大膽而無忌諱，深入人煙輻輳處，拉近新詩與大眾距離，拓墾了臺灣詩壇版圖，推前了華文詩界的視域。（焦桐）

致你們的父親

父親，我可以對你坦白嗎？
我是G的。
我和你有多少分相像？
你也是G的嗎？
如果有一天我也愛上一個像你的男人
你能夠原諒我嗎？
受困苔蘚蔓生的城市
從健身房浪跡到游泳池的旅程
眼神交換之際
突然綻放的肉體
我如何保持安靜
「我愛你」
絕非埋葬在兩人間的私事
怎樣的愛人在我後面？

怎樣的愛人願意來到我的下面？
你不想知道嗎？我是你的兒子
也是戰火中的同志
第一次，請讓我
如是活著
青春到了最鮮豔處
隨時可能蒸散
父親，我可以對你坦白嗎？
前方風雨仍無止盡
愛我的男人都來了
渾身濕透，像你
仔細擦乾我的身體

選自《通緝犯》（木馬文化，二〇〇二）

精神病院

哈囉，天氣真好

昨夜夢中割腕
順利否？
那些外星人離開
屋頂沒？
你今天還是
觀世音菩薩的淨水瓶
轉世啊？
憂鬱時候
就這樣輪流探望窗外巨大的魚缸
舉起路人的手
大家一起來呼口號：「呃……。」
吸塵器花費一整個下午
把整個房間清空之後
想著用什麼方法把自己也吸走
當獨角獸走過面前
就把牠們的角拔起來
當作麥克風
各地送來的花籃

使這裡成了假日花市
下次一起
當總統好吧？
ByeBye，
記得乖乖吃藥
噓，你不覺得可憐的主治醫生
不知道他自己
有病嗎？

誘僧

今天依然是一個和尚
每個人都是
佛光普照的中午
袈裟深處寫滿了經文

選自《精神病院》（大塊文化，二〇〇六）

昨夜又是誰
在夢中敲響了木魚

沒事就上街頭遊行，為愛化緣？沒事
就誦經給遠方的極樂世界聽

一瞬之間，沒有矯情
可以對任何鬼怪誠實
就是所謂頓悟了吧

肩挑過一座座沈重的廟宇
掩不住溫暖多汗的身軀

再往前走
就是雄壯的佛祖了

選自《大雄》（麥田，二〇〇九）

警鈴

黑暗
看上去
為何如此傷感
牆壁
為何這樣冰涼
這時代的突出物啊
本不應該碰觸，今夜
因為莫名被你按到
使我不至於
在靜寂中消失

選自《犄角》（大塊文化，二〇一二）

假想病

醫院裡的蚊子
彷彿也有醫術
嗡嗡嗡嗡嗡嗡
幫你打針幫你抽血

月亮犄角為我們戳破這空晚
結石般的惡夢
醫護人員有他們的
我有我的遠行

窗外雨一直下
訊號極差
有時像是小孩的小便
有時像是老人的小便

黃昏零雨
有種剛好要被除盡的感覺

全部的枯枝
同感萎靡之際
再次發出清痰聲音
像是一隻野獸
又回到了遠古的荒野生活

病服皺摺如斷翅
小小的漣漪
點滴瓶裡動盪
每一滴淚，每一團鼻涕
都是我的發表
比死還純潔
比夢還遙遠
一天打盹一百次
也無法變成一朵睡蓮

能夠這樣一直寫詩
寫成千首觀音嗎？
枕畔是楊枝低垂
豪夜散去後
我自己流出來的甘露

選自《A夢》（逗點文化，二〇一五）

吳岱穎（一九七六——）

評傳

吳岱穎（一九七六—），臺灣省花蓮縣人，臺師大國文系畢業。曾獲林榮三文學獎新詩首獎、時報文學獎新詩首獎、國軍文藝金像獎小說首獎、教育部文藝創作獎散文首獎，及花蓮文學獎、後山文學獎、全國學生文學獎等。曾獲全國語文競賽中學教師組作文第一名、朗讀第一名。現任教於臺北市立建國中學。著有個人詩集《明朗》（花蓮縣文化局，二〇〇七）、《冬之光》（馥林文化，二〇一一）、《群像》（麥田，二〇一九）。與凌性傑合著散文《找一個解釋》、《更好的生活》。與孫梓評合編《國民新詩讀本》。

吳岱穎的詩風安靜，繼承了《詩經》以降傳統詩學的溫柔敦厚風格。他擅作情詩，總是以一種舒緩的基調，深情傾訴，如小調，如蕭邦的夜曲，節奏感甚佳；語言樸素自然，清新，委婉曲折。

愛情，詩歌永恆的主題，那是蠢蠢欲動的初春，阿波羅的七絃琴譜出的主題，〈海岸自行〉、〈C'est La Vie〉、〈此在〉即描述愛情，皆情真意摰，接近龔定盦：「落花不是無情物，化作春泥更護花」的意志。

吳岱穎的詩藝也帶著強烈的正義感和生活感，以及對青年的諄諄善誘，如〈惡之門〉、〈格瓦拉不思議〉，後者處理青少年次文化。切．格瓦拉，拉丁美洲人的偶像，圍繞著他的傳說已形成英雄符碼，不僅代表了西方左翼運動，更被操作為流行文化、反主流文化的象徵，肖像印在無數人的T恤上。（焦桐）

C'est La Vie——在島上

如果我們之間失去聯絡，在一個下著雨的夜晚
如果你記得生活的一切密碼，而我記得你的名字
在那座看不見泥土的山丘，你會把傘打開嗎？
你會把傘打開，並且為我遮擋帶罪的淚水嗎？

如果我曾被放逐，又回到你的身旁
在開始革命之前埋下我的彈藥，讓手槍生鏽
你能接受我背上的鳥群，為牠們預備屋舍嗎？
你能寵愛牠們如同愛惜自己的影子，並且餵養牠們嗎？

牠們飛過野火纏身的垃圾場，流浪在
大教堂的鐘塔和孤兒院的屋簷之下
牠們練習模仿手風琴的呼吸和旋轉木馬的升降
也學會頂著魔術師的帽子跳佛朗明哥舞，啊！生活！

你看見牠們肩上美麗的槍傷了嗎？別擔心
那些動盪都會化作給我們的寓言，給我們的歌
每一個音符都會因此擁有重量，擊穿我們的信仰
即使我已經乾涸，流不出一滴眼淚，一滴鮮血

我們即將分開，搭乘不同的列車，我們分開
穿過每一個兩兩相異，又無比相似的平原
讓折翼的鴿子帶走橄欖樹的春夢，越過洪荒
教你在遠方揉碎月桂樹葉，有懺悔洗劫你的眼角

別擔心，我們即將分開，像你的神曾經告訴你的那樣
因為夢境無法永遠睡在同一張床上，我們即將分開
我會在夜裡投下燒夷彈，照亮每一座虛構的坑谷
如同你曾經流淚關上的那些畫面：最後的激情，和死亡

如果此刻你從夢中醒來，別擔心，我們已經分開
各自生活在戰爭不願造訪的城市，為了微笑奉獻

如果你看見窗上的倒影你要想起這一切：分開
直到世界崩毀倒退，還原成我們曾經居住在其中的模型

二〇〇四年
二〇〇四年第二十七屆時報文學獎新詩首獎作

海岸自行

青春和你同在，我的青春
總是一條有單車經過的道路
從南向北，從南濱到北濱
一座橋，連結兩個學校

兩個青春的胴體，兩種青春夢
結合成同一組海洋的意象
那時你也寫詩述說，關於愛

如何脆弱，又如何的堅定

像輪下的柏油路承載我們
日日的行旅，這只是生活
每隔一段時間我們挖開修理
看不見的滲洩，又重新補上

補上言談，補上爭吵，補上
歲月留下的痕跡，我從不在意
掠過的風景如何填滿
我們無話可說的眼睛

我只是看見青春和你同在
看見單車穿過小城，經過主街
鑽入，越來越近的潮聲
成為記憶中最繁複而單純的隱喻

二〇〇六年

選自《明朗》（花蓮縣文化局，二〇〇七）

此在

想念你，在北方的小城
整個春季裡我無所事事
只想寫一首詩投進郵筒
讓你讀我，讀我的窗
山間有明滅的燈火
照亮蜿蜒的公路

如一根細瘦的葡萄藤
穿針引線，從泥土裡
汲出屬於生活的字句
心臟仍有雜音。我聽見
你歌裡的變奏，上行下行
有時是小調陰暗多曲折
如綿長的海岸，有時則是陽光

你給我用過的舊日子
我在晴空下洗好晾乾
鋪成被枕，夜晚就有了潮聲
你給我淚水煉出的鹽
我用它調時間的味，日日
飲用，日日，宛如你的窗口
呼吸海風，而你不在這裡——

我太想深入，總是離題
在這顆不斷移動的星球上
找不到一間可以居住的房子
我太過憂慮，纏綿難癒
美好只是一種讓人發熱的疾病
渴望世界靜止，萬物各居其位
像我們曾共度的每一天，像你的字句
成為我的話語，你的夢
變成我的預言

一根菸可以換來多少字？
一個故事需要點燃多少根菸？
整個無所事事的春季裡
我只想寫一首詩投進郵筒
說一條公路蜿蜒曲折
一扇窗裡燈火明滅
夢裡有起伏的潮聲
所有的動盪都是獻給明天的歌

二〇〇七年

選自《冬之光》（馥林文化，二〇一一）

格瓦拉不思議

格瓦拉不知道，原來生命
可以這麼輕，這麼薄，這麼

柔軟而順服，緊貼著少年A的左胸
在一件棉質連帽外套上。在這裡
格瓦拉捨棄了自己的理想與
熱情，放棄玻利維亞的革命
不說話，也不讀自己手抄的詩集
和正在發呆的少年A一樣

但少年A不認識格瓦拉，雖然
他有著與格瓦拉一樣的單純
信仰著愛與正義，渴盼
真正的自由。他剛剛剪了新髮型
路過東區的潮店，在BSX的專櫃
看見這件灰色連帽外套，掏錢買下
失去悲喜哀愁的，Q版的格瓦拉
彷彿遇見了另一個自己

格瓦拉不知道自己將在未來的幾年內
一次次被投入洗衣機，反覆搓揉破碎

洗之又洗，曬之又曬
直到沒有人知道那殘破的圖樣也曾經
年輕過，愛過，沉迷於革命
像一首纏綿的情歌

二〇一一年

選自《群像》（麥田，二〇一九）

惡之門

做窮凶極惡的事情的人應當假想那件事情已經完成，應當把將來當成過去那樣無法挽回。

——波赫士《小徑分岔的花園》

孩子的純真袒露在我面前。小公園裡
男孩拔去了椿象的肢足，腥臭隨即飄散
生之震顫教他嗅聞自己的食指
夕陽燦爛，群樹歡欣動盪如歌

何其輕盈的出演：一次皺眉的儀式
不足以阻止男孩向生活索討樂趣
他尖聲高笑，拋下那具殘破的屍體
轉身爬上鋼管焊成的空洞的地球

我看見影子囚禁影子，虛無的罪刑
伸張了虛無的正義——這只是遊戲
而他攀掛在銀亮的經緯線上
以高於晝夜的速度旋轉。他正在長大

在傾斜的光照裡逐漸變得扭曲
籠罩著木馬。翹翹板。水泥大象
的鼻頭。幻影的馬戲團。佈滿
荊棘的皇冠。他是君臨死地的王者

擁有無上的權柄。無知者的笑顏
遠勝於上帝的嘉許。良善只是一個單詞

藉由舌尖與舌面的翻騰辨義
神無法談論自己，只能人云亦云

男孩年輕的父親站在不遠處抽煙
我認識他，親切，偶爾煩躁易怒
但無傷大雅。事物的源起何須解釋
在生命的藍圖上，我們都是模糊的複印

二〇一七年

選自《群像》（麥田，二〇一九）

孫梓評（一九七六——）

評傳

孫梓評（一九七六—），臺灣高雄人，東吳大學中文系、東華大學創作與英語文學研究所畢業。現任職《自由時報》副刊。新世紀以來，著有詩集《如果敵人來了》（麥田，二〇〇一）、《法蘭克學派》（麥田，二〇〇三）、《善遞饅頭》（木馬文化，二〇一二）、《你不在那兒》（顯靈版）（麥田，二〇一七）。另有散文集《知影》、《甜鋼琴》、《除以一》，軍旅劄記《綠色遊牧民族》；短篇小說《星星遊樂場》、《女館》；長篇小說《男身》、《傷心童話》；少年小說《邊邊》；繪本《碳酸男孩》等，曾獲中央日報散文獎，臺北文學獎，華航旅行文學獎，長榮寰宇文學獎，全國學生文學獎等獎項，顯現多方向的文學志趣與成就。

他的朋友形容他的「生命的顏色」是一片綠色，但有時又是風來紛飛的落葉黃；他的「生活的氣味」則有薰衣草的溫馴淡雅，也有股檸檬的撲鼻香；而「靈魂的溫度」恰似冷冽醇淨的清酒，或者，沁涼的京都晚秋……。再看他詩集的名稱選擇《善遞饅頭》，竟是sentimental的諧音；長篇小說取用《傷心童話》，繪本的男孩屬於碳酸質地。孫梓評，就是這樣一棵水邊的植物，適合晚來秋的彤色微雲；余光中說的「頗有里爾克入神玄想之感」，孫梓評的詩，就有這種沁涼的感覺。

形式上，孫梓評傾向短章長句，《你不在那兒》的短詩集子，可以在二〇一〇出版，又在二〇一七擴版發行，是一種情感上的珍惜。但在《法蘭克學派》與《善遞饅頭》兩部之間，我們又看到他偶爾凜冽、偶爾柔潤，時而聒噪、時而不語，理性與感性協商後同行的和諧。

內容上，也許就在這兩首詩之間無盡地航行而不想靠岸：

「『超出列印範圍』／『我了解而且我要繼續』」
「在他人留下記號的海／苟且地升起我的旗幟」

（蕭蕭）

春岸

說起悲傷的時候
已經漸漸不那麼純粹了
那是因為知道自己
不再是一個可以簡單去看海的少年
廣大的湛藍的海被無心地經過
在懵懂地轉瞬間
星月一沉　忽然就無比地年老

卻依然還想念可以眺望的岸
聽潮水喚來星光
指尖上的露水豢養著貓
街巷底的小理髮店暗著
燈微微一盞
往下走就是海

漁船好騷動地想出發
浸在記憶裡的春天
如今是傾圮的港口
只有風，還是舊舊的溫柔

選自《如果敵人來了》（麥田，二〇〇一）

這世界竟是可預見的

這世界竟是可預見的
基於某些粗糙的理解與熱情
直走下去微微抵住了未來的敏感帶
那些你所厭惡而難堪的性燥熱
像唇邊皰疹
被鴿子的白喙挑開
又我們繁複地包裝同一個主體

給它顏色語言髮膚
再不厭其煩把灰塵吹開
有誰看見了真實嗎
遠方的強光穿透了彼此
給它骨骼內臟要它立即學會站立

但還打算開開心心買來香檳
（你也喫了一驚？）
鬼臉在黑暗的背面牽手跳舞
把杯子踢倒顏色混淆字句拆穿
陌生人的披風輕輕襲擊
我們給它方向里程數還有一處謠傳的水庫
蓄滿了秋冬之交的形容詞

祕而不宣的狂歡節
嘴角流出大量方言
互相交換一種不可告人的風土病。
你知道的

只有在故事最後我才會鬆口
給出抒情的小指頭，說：
並沒有所謂的壞人噢，只有寂寞的寂寞的人。

選自《法蘭克學派》（麥田，二〇〇三）

空旅行

舊金山很舊嗎，上海是哪一座海？
我從青康藏書房開始散步
天空是平行的雲林
左邊是德里，右邊是馬德里
前面是巴基斯坦，後面是巴黎
走累了，就把雙手伸進遙遠的青森
將一顆蘋果對半剖開。

小樽和小港，孰小？
多倫多和薩爾瓦多，誰多？

我騎著羅馬，仰光
想起花市買來的那株德黑蘭
擱在仙台上
是否盛綻猶勝米蘭？

鹿特丹有鹿嗎，慕尼黑是哪一種黑？
我坐在挪威的森林，靠窗
翻開手中的里斯本
喝著牙買加，邊揣度誰將嫁給
特拉維夫，或是武漢。
還思索明日晚餐：
漢堡以及聖彼得堡（都是直火炭烤）

又一個宿霧之夜
輕聲馴服眼中
嚮往成為地球的地圖：
誰來赦免我的斯德哥爾摩症候群？

選自《善遞饅頭》（木馬文化，二〇一二）

同信念

你會介意紅色的性別嗎？
你會規定，紅色
只能和綠色結婚？

當你說：紅——色——
聲帶、喉頭、唇齒共同描繪
與我眼中所見真朱，小豆，猩猩緋
是否相同？

你會擔心橙色和橙色
不能生小孩？
你身邊也有一些靛色的朋友嗎
當你希望，黃色只能走黃色專用道
不准和紫色有染

只有你才是神的忠貞藍？
而我（以及我們）
拒絕讓黑統治
夜，當星星亮起來
原可能空白的心
紛紛，違背傳統
生下彩虹：
許多同信念小孩

二〇一六年

選入《同在一個屋簷下：同志詩選》（黑眼睛文化，二〇一九）

林婉瑜（一九七七——）

評傳

林婉瑜（一九七七—），臺中市人，臺北藝術大學戲劇系畢業。曾任出版社編輯，現專事寫作。著有詩集《索愛練習》（爾雅，二〇〇一）、《剛剛發生的事》（洪範，二〇〇七）、《可能的花蜜》（馥林文化，二〇一一）、《那些閃電指向你》（洪範，二〇一四、二〇一七、二〇一八）、《愛的24則運算》（聯合文學，二〇一七）、《模糊式告白》（洪範，二〇二〇），散文集《我沒有談的那場戀愛》，編有《回家——顧城精選詩集》（與張寶云合編）。曾獲林榮三文學獎、時報文學獎、《二〇一四臺灣詩選》年度詩獎等多種獎項。

林婉瑜從二十歲開始寫詩，二〇〇七年洪範書店為她出版詩集《剛剛發生的事》，詩人陳義芝讚譽她「以一顆慧黠的詩心，似不經意的抒吐竟發出精細的釉光。」這本詩集以輕巧的語法、鮮明的意象，書寫人間情愛，風格清新。

二〇一一年出版的詩集《可能的花蜜》（獲得第十一屆臺北文學年金）則以她年輕時生活的臺北市街、景點為對象，刻繪新世紀初期的臺北故事，從西門町到擎天崗、從北投溫泉到汽車旅館，寫出了臺北的當代地誌，也成功地展現了都市臺北的容顏。這樣的主題書寫到了二〇一四年出版的詩集《那些閃電指向你》，則轉為情詩，直指「愛」與「失」的多重糾葛，她以七十五首詩寫七十五種愛情的情境，連同寫作方法都推陳出新，既有細膩的勾描，也有狂野剖白，不落俗套。

二〇一七年出版的《愛的24則運算》，雖然同樣寫「愛」，則又有了嶄新且極具實驗性的新格局，因而獲得詩人、學者李癸雲的高度評價：「在語言層次之內，這絕對是一本極富突破與創造性意義的詩集。」在這本詩集中，她將數學算式化入詩行，將圖像思維帶入詩篇，也將試題、心理測驗融為詩的形式——這些以知性召喚感性的實驗，都讓她的詩的語言具有展延性、表演性，也讓她的詩從昔日的細緻抒情一躍而入後現代的斷裂語境。勇於突破、更創新局，她是不甘於原地打轉的詩人。（向陽）

後來怎麼了

「我一直想問你，後來呢？後來怎麼了？」

後來，就解散了。
後來，就慢慢融化。
後來發現全新的行星，決定命名為跳跳糖61號。
後來把手中的蘋果全部吃光，因此發現了地心引力。
後來就打倒壞人消滅惡魔黨。
後來一起過著幸福快樂的日子。
幸福快樂的日子也過著我們。
後來，時間這幅卷軸把一些東西捲進去了。
宇宙就運轉得比較慢。
眼淚就乾得比較快。
後來，找不到那間糖果屋。
後來，就都想著從前。
後來，日子被延展成金箔。

期末試題

一、請排列出句子的正確順序

手中的牛奶盒打翻了。
灑出珍珠和詩句。
溢出一些瑪瑙和琉璃。
後來一年有13個月，第13個月沒有白晝，每天都是無盡夜晚。
星星是夜晚的果實，我要整個籃子裡都是。
後來為了和回憶的大象達成平衡，我持續幫另一端添加砝碼。
為了幫夢中的麒麟想個名字，我查了六本字典。
後來，忘記許願，浪費了很多流星。
後來我抱著，從各種際遇中獲得的彩票，到櫃臺處，向生命兌換獎品。
後來，時間答應我，每件事正式發生以前，我都可以先來個排練。
可是時間騙了我，原來每次的排練，都是正式演出。

選自《愛的24則運算》（聯合文學，二〇一七）

1. 1補綴 2和工具 3給我 4讓我 5脫落的 6縫線 7細細 8靈魂的 9一點時間

2. 1也 2彈奏 3心中的 4發出 5直到 6低音 7深海裡的 8持續 9鯨魚 10共鳴

3. 1重要 2在 3演員 4你的 5一名 6讓我 7人生喜劇中 8謝謝你 9擔任

4. 1所以 2月 3你知道 4是正方形的 5改變著 6今晚的 7總是 8月亮 9它的形狀

5. 1秩序 2這些 3以維持 4流星 5亂竄的 6指揮 7夜空的 8請 9交通

二、選擇題

1.（　）日子，是由很多片刻組成的。在詩毫無用武之地的片刻，請不要去想，自己是個詩人；在詩有用的片刻，請努力寫出，屬於今天的詩，因為，那些詩的念頭已經等待許久，等你把它們從（1）仙女座星系（2）連續劇（3）黑暗（4）陷阱裡帶到世界上。

2.（　）兀自運轉的星星，兀自發亮。它不知道今晚，有人，是因為（1）注視（2）刷洗（3）剪貼（4）消滅　著它，才有了活下去的勇氣。

3.（　）冰的影子，最後，化成了水；火的影子，最後，也成了（1）鉛筆（2）灰燼（3）彈珠汽水（4）殘骸。

三、請按照上下文，填入合適的語詞

1.你哭了，她笑了。他遲疑了，你決定了。
他們聚集了，你坐下來。它失去結局，你戰慄了。
你和它和他和她和他們一起＿＿成為整體
不久後，又＿＿一人走出

2.霧之＿＿，光之＿＿，
＿＿之夜，＿＿之人。

選自《愛的24則運算》（聯合文學，二〇一七）

你是我最斑斕的幻覺

1

地球是宇宙的心臟，我們是在宇宙的心中走動的一些人。

2

我搬來椅子坐在舞臺中央，幕啟燈亮，戲劇開始了。
我走下舞臺，因為這是一齣關於椅子的戲劇。

3

颱風過後，只有扶桑花能維持原本的模樣、沒有損傷，
可我也喜歡牽牛花在陽光裡自我毀壞的樣子。

4

坐在「今天」右手邊的「昨天」，和坐在「今天」左手邊的「明天」，你們好嗎？

今天正要開始。

5

坐在「秋天」右手邊的「夏天」，和坐在「秋天」左手邊的「冬天」，你們好嗎？

世界鋪好了滿滿落葉的地毯，盛大歡送秋天離開。

6

我曾見過的，驕傲的花、遲疑的草葉、鏤空的海、印象派的天空，都存在我心中，那不是幻覺。

7

食夢貘瘦了。城裡的人們最近缺乏盼望，因為受到太多隨機殺人事件的驚嚇，暫時喪失想像力，所以近日沒有產生任何豐腴肥美的夢。

8

獨角獸胖了，胖得無法再載任何人去遨遊天際。自從不再以神話的形象出現，牠的命運就淪為和其他普通動物一樣了，目前被關在市立動物園，企鵝的左邊、北極熊的右邊。

9

煩躁的午後，發現胸口露出一個線頭，
一截截拉出線頭，發現是纏繞成毛線團的心，正在脫落。

10

有人來回拉鋸語言使之呈現不確定的意義像那個每晚在屋頂上拉鋸琴弓來回削薄月光的小提琴手。

11

詩崩潰了，字都解散成零星的碎碎的筆畫，意義消失了，所有的橫、豎、點、撇、捺、鉤……，從未如此輕鬆的躺在沙灘上曬太陽。

12
你是我最斑斕的幻覺。

13
風箏的夢想不是飛翔，在每一次飛起時它夢想著墜落。

14
世界上最美的花，是黑白的。我會找到這樣的花送給你。

選自《愛的24則運算》（聯合文學，二〇一七）

敬啟者

黃昏可以送給我金色
風送給我，它的流線
傷口送我它的鋸齒
投遞失敗的信卸下所有的字，交給我保護

爬過的山，把蜿蜒送給我
透明的容器，送我它的形狀
落葉把懸空的恐懼致贈予我
時間，把它偷走的瞬間全部歸還
蜘蛛在編結光的繩索
牆，把偏見送給我
真相，只願交給我局部
電影裡的槍聲帶來真實的疼痛

明天送我未知
它說，這份禮物永遠不能拆
愛送我幻覺
我伸手觸摸
困惑於那巨大的虛構的美
而許久無法出聲

選自《模糊式告白》（洪範，二〇二〇）

太妃糖奶油捲和苦甜巧克力

星星是為了成為夢的照明而點亮自己
蜉蝣是為了和無限的世界打個照面
所以盡全力活了一天
手心為了被誰牽起而保持空曠
為了避免文字們不知所措，有人發明了文法
可是詩拆解文法使文字
再次不知所措
含苞的玫瑰
是為了不被譬喻為愛情，而遲遲不開
整夜大雨，當天空企圖傾盡所有
山谷裡的回音一再折返
為了抵達空無一物
茉莉是為了替磚牆著色而存在的
雨水是透明的髮絲輕輕撫過樹木乾裂的臉

遊戲，因為孩子氣
音樂是空氣的遊行
那些石頭靜坐很久了
終於完成一種鐵灰色、礦物質的禪

當光線充滿整個世界，白晝就是勝者
夜晚沒有輸
只是暫時，他是白晝的影子
我是為了太妃糖奶油捲和苦甜巧克力而存在的
有時是為了貪看世界而存在
偶爾流浪遠行
為了折返時能順利找到回家的路
沿途灑下一些字作為記號

為了成為某人畫中的靜物
蘆葦在狂風中
努力靜止了一整天

選自《模糊式告白》（洪範，二〇二〇）

楊佳嫻（一九七八——）

評傳

楊佳嫻（一九七八—），成長於炎熱乾燥的高雄，臺灣大學中文所博士，現任清華大學中文系副教授，臺北詩歌節協同策展人。參與性別運動組織，關注女性、性少數相關議題。著有詩集《屏息的文明》（木馬文化，二〇〇三）、《你的聲音充滿時間》（印刻，二〇〇六）、《少女維特》（聯合文學，二〇一〇）、《金烏》（木馬文化，二〇一三），散文集《海風野火花》、《雲和》、《瑪德蓮》、《小火山群》、《貓修羅》，主編或合編：《青春無敵早點詩：中學生新詩選》、《港澳臺八十後詩人選集》等文學選集五部，另有關於臺灣眷村文學、二戰期間上海文學之研究著作。

楊佳嫻是「抒情系譜的直裔，文字文明的貴族。」

楊佳嫻有著「古典靈魂與現代身體相悖相融的詩行風格。」

這兩句文宣，十分響亮，擦響也擦亮讀者對楊佳嫻詩作的見聞。

學者型的詩人對她的詩作讚譽有加，如臺灣詩人暨學者唐捐說：「在詩行推進的過程中，靈魂提倡著一種古典的理念，身體則綻放著一種現代的感性。」大陸詩人暨學者陳建華則曰：「含蓄、凝練之中蘊含那種『羚羊掛角』的禪意，那種凸顯文字之所以象形之美的爭鬥，在詩行中留下齒齧岩石的血痕。」

此處選錄五首詩，或可代表楊佳嫻的五種內在的精神躍動，〈鎮魂詩〉是靈魂提倡古典的理念，相信詩可以鎮定靈魂的不安；〈梨子與俄國文學（與情史）〉，顯現了抒情系譜的真摯傳承，一顆梨子（心或情感）所需負荷的重量，遠遠超過俄國杜斯妥也夫斯基的《卡拉馬助夫兄弟們》；〈鍛鍊〉則是楊佳嫻代表性詩集《金烏》的核心思想所在，《金烏》是首部詩集《屏息的文明》十年沉澱，汰舊增新後的新製招牌，金烏是指太陽的精魂，神話故事中的十隻三足烏鴉，由母親羲和駕車行於天空，后羿射落九日，這九隻金烏墜落何處？獨留的這隻金烏、這顆太陽心中的哀傷如何？母親羲和的震撼影響人類有多深遠？——這樣的文化思考如何翻湧為詩？〈守候一張香港來的明信片〉，是對現實的凝視，現代的感性，二〇二〇年重看似乎又有著預言式的某種意象的精確；第五首的〈多煙的夏季〉，小詩連作，各段自成星球，晶瑩、折射，值得深思。

一齣好戲，或許需要插科打諢的戲段，但楊佳嫻能於端淑嫻靜中展現清麗、纏綿、飄逸，陳義芝認為中青世代「正旦青衣」的地位，不可移易，甚至於以中壯世代的陳育虹相比擬，同屬陽春白雪，高雅至極。（蕭蕭）

鎮魂詩

不要靠近牆
它在抄寫我們的臉
不要走過樹下
它會糾纏我們的鞋履
不要相信雨季，啊那些透明
單調的小石在額頭上
擊出許多凹痕

水面下一切都平等
且平靜
也許我們交換手足，眼睛，
將頭髮編纏在一起如同連體嬰
或者你將生出背鱗
我將發現耳邊有腮

在漂忽，逐流的時刻裡
醒著也等於睡著

睡著了以後夢見醒來
死去以後仍瞻望雲的步伐
把房子蓋在最遠的岸
燈光瞬逝，椅腳折斷陷落
書倒立而園圃
開始種植自己
瓦盆尚未退霜，鐵鏟有痂，
蟲豸如時間貼面而飛
瑣碎，且搔癢

有時候也聽見諸神翻身微響
當我們終於試著遺忘，啊攤開
如一張虛無的紙
擦過如炭的宇宙
大星升高如軍樂手小喇叭上的輝光

梨子與俄國文學（與情史）

吃掉那顆心臟

當那久遠一觸，真久遠如
一則肯定的箴言
從寫出來到被遺忘——
那洋流總是徒勞
一張朽爛的羊皮地圖
魚骨的信物也將銷磨為末

誰能夾躡出對方的靈魂？
當我們駕駛著單桅帆船
在不同的玻璃瓶內
你有你的手勢
我有我的火光

選自《少女維特》（聯合文學，二〇一〇）

一般大的
梨子
多麼費力
像被規定一個晚上
得讀完
卡拉馬助夫兄弟們

躺在床上吃梨子
躺在床上讀
卡拉馬助夫兄弟們
梨子投影在臉上
彷彿有心事
書本那樣厚，支撐不住
也可能直接打在
臉上。你知道的
所謂心事，就是臉上
難以化解的
瘀青（不就是杜思妥也

夫斯基的長相?)

咬開薄薄的黃皮革
咬開(你送我的)
多汁液的心臟
舌尖像忽然醒來
需要對象
可能我讀錯書了
我需要的是安娜
哦安娜卡列妮娜她剛剛
從激情
以及災難中回來(她真的
回來了嗎)

近蒂頭處微苦
近果核處微酸
像是把心和陰影一併吞下
我不知道

應該先去教堂
還是舞會
應該先告解（或保險）還是
跳了再說
懸崖近在咫尺
愛情莫非就是
魯莽的特技

現在這胸膛裡有兩種心跳了
如同太窄的床
太短的夜
甜度被提到最高
電線全部打結（托爾斯泰的鬍子）
為了緩解緊張
只好把自己
梨子一般大的心臟
捐贈給你——
劑量最重的藥

像卡拉馬助夫兄弟們
哀愁的凝視，像安娜的
手勢與死

原載二〇一三年四月十六日《自由時報・副刊》

鍛鍊

我想我是碰見了
最強的靈感
在詩裡，你是全部街燈
雨季，消逝的金烏，
小晴朗夜的月暈——你是
它們的父親

我安於延宕
安於檢疫（是我傳染你嗎或
你就是那病）一般的隔離

我一定是平靜的
平靜地一觸，然後
就陷落

猝不及防的花
閃過騎樓，青翼之天使
最尋常的巷口
你指點過的麵攤
忽然，都變成了藏寶圖折疊
過度而破損，風景
窸窣的縫線

甚至我懷疑下一次
晤面以前
我是復活過了
頭髮裡留存著煤屑
肩胛處仍有棘刺
我是什麼都不怕的（是嗎）

即使你像一把利刃
投入我懷抱

選自《金烏》（木馬文化，二〇一三）

守候一張香港來的明信片

一個回歸與出走
均無法被立即決定的年代
熱帶草木依舊蓬勃
耳語如蚊蚋飛翔於大氣
你說，曾在驀然迸開的
煙花中看見：天使墜毀
而歡愉的喊聲剛好蓋過一切

星座是否依舊
沿太古的軌道繞行
意識微涼，當暴雨毫無預警

擊打著書店的窗玻璃
霓虹管是胭脂慢慢溶解
節慶之後，你也許更蕭索了
像半截吸過的煙頭
擱在夢境邊緣，閃爍

時光持續發酵，從鏡中
辨認髮上微微湧出的星霜
夏天街道浮著酸意
玻璃的稜線起伏
我們各據海角，僅僅能夠得知
新聞標題上彼此城市的輪廓
風向如此猶疑……

你曾許諾的那張明信片
仍未到達。彷彿傍晚的碼頭
一隻鷗鳥凝視水色
你的字跡將對我說些什麼呢

濃霧掩蓋航線，如抵抗一般地
隱約有船引擎隆隆犁開寂靜

選自《金烏》（木馬文化，二〇一三）

多煙的夏季・連作

一、

從衣服裡
牽出一匹馬
打開抽屜
牛奶正抵達邊緣

反常之處
我們稱之為徵兆
珠串太沉重了
等待墜落的爽快

陰影及其姊妹
已經掛好鈴鐺
誰先被牽動
誰就是鬼

二、

我多想捧著妳的
頭顱，金屬花
濃縮後的湖
像此地風吹過來
搓揉泥土般
深入妳的美

當距離近得像玻璃
界線縫合如新的傷
我渴望破壞

卻畏懼飛濺的沸油
準備了剪刀
卻層層包裹，不敢挖出

準備離開了嗎
走在陳舊的小樓裡
預感似的
我忽然屏息
是風吹開妳襯衫
一顆煙彈正微微露餡

三、

買了雷射筆預備
遠遠指出妳的軌道
擾亂，然後瞄準
因為妳是低動力前進
隱約的星船

幽靈們塞滿道路
嘩噪並且生火
煙霧散了以後
我是否仍舊完整
妳是否終將熄滅如隕石

世界將堆滿彈殼
電影總在廢墟處奏樂
來吧來我這裡
有一匹馬正在等待
來吧來我這裡
牛奶將潤澤妳刺痛的眼

原載二〇一九年九月十日《自由時報・副刊》

達 瑞（一九七九——）

評 傳

達瑞（董秉哲，一九七九—），臺北人。真理大學臺灣文學系畢業。作品曾入選年度詩選、年度小說選，曾獲聯合報文學獎新詩大獎、小說評審獎，時報文學獎新詩評審獎等。出版詩集《困難》（逗點文創，二〇一八）。現任出版社編輯。

達瑞的詩豐富著隱喻，吾人閱讀時不能太快，否則易錯過他匠心布置的風景。達瑞雖然年輕，其詩卻有著對時光遞變的焦慮，流動著突圍而出的渴望。然則突圍什麼呢？光陰？愛情？事業？少年時代的抱負？這些都是他詩中隱喻的母題。

達瑞在詩集《困難》的序詩中說：「車票對嗎？那些聲音／是時間的嗎？誰的睡意靠著我？」暗示比任何平鋪直敘都更有力，更有想像的空間。把時光流逝比喻成河流，是最典型的觀念。這令人想起丁尼生十三、四歲時所寫的詩〈祕密〉（"The Mystics"）裡那句：「時光在深夜中流逝」（**Time flowing in the middle of the night.**）。丁尼生選了一個聰明的時間點，當世界在夜色中沈靜了下來，人們也都還在酣睡中，時間依然無聲無息地流逝。

而夢的母題有樂園，旅行，異鄉，記憶……夢想是一種力量，是對現實缺憾的一種矯正。詩人有一個夢幻城堡，象徵幻想的快樂；當年紀越來越大，往往失去了幻想的快樂。（焦桐）

夏初

世界澄澈如鏡，
洩漏了時間的指紋
泛黃的笑意於逆光中
翻閱，與風平行
以回憶的速度前傾
草平面又上升了一吋，
天空還在擴張
每道窗外都擠滿了
起飛的慾念，
突然你感到身後
也稍稍伸出了翅翼

選自《困難》（逗點文創，二〇一八）

偶爾

偶爾這樣想起，
當所有人一起紅燈右轉
時間的違章建築上
你們被小心翼翼地提及——
佚失多年的地址，
落鎖於記憶暗層裡的情緒的毛邊
都好嗎？彼此又隔了新的憂鬱，
一些新的戀情。熟識的店面
皆已老去，經營不善的理念
待售的傷楚……
世界並不適用太多捷徑
如果只是妄論、辯駁
如果只畏於基本的孤獨

城之邊陲有聲隱然，
昨之躁動，昨日的餘光
偶爾靜定地想起
並於建築的背影中回信，
那些被留下來的，深深淺淺
是否值得懷念與不安
「怎麼開始的」「還能多久」
生活的訊號每每中斷異常，
你們耗費多少沈默或語言
驗證夢的氣韻，情節剝落之後
窗外一面輕霧，微雨

偶爾，偶爾觸及
語意相仿的午後，體態輕盈
老式配樂盤旋如革命前的溫柔
夢裡我們慣於孤注一擲，
所有不能節制的延宕、允諾
與離開前的忐忑等種種

難以重新詮釋的愛……
都好嗎？即便已鮮有轉圜
當時光的截角逐次裁下
當一切沿著虛線，悄悄
被限制出境……

選自《困難》（逗點文創，二〇一八）

獨處

光線輕聲埋入腳邊
此刻已達孤獨的適溫
日子醒來之後，沒有重大改變
閒置的插座，鎖孔，
被淡忘的性與幾件不甚關聯的事
時光安靜地換頁
室內的纖維清晰可辨，
昨日的味道還在冰箱

昨日是沾手的油墨，
一截一截在世界的硬碟裡
昨日昨日，等待搜尋

與自己獨處，房間巨大了起來
光陰的色差，有物折疊其中
格局，擺設，情緒
如何的深信彼此，多少
虧欠和孤獨的部分？
被留下的情節很深，
是陰暗，是未曾發出的簡訊，
放空的衣架

窗外盛開著一盆城市
晴時多雲，沒有什麼必須被完成
開水喝了很久
某些事在自然痊癒，
陽臺仍淺淺接收著文明

新聞插播和午餐內容之外
的一切獲得了控制，
而明日，明日總會一起
姍姍來遲，直到
郵差帶來之後的去處
電話通常也會響起

橄欖

寧靜無害的，你說
寂寞是一截多出的午後，
神祕的換氣。時間
以理想姿勢告別了一切，
這是欲言又止的季節，
郵差等候自己的信，
旅人翻查失去的路口……

選自《困難》（逗點文創，二〇一八）

記憶在永恆的邊緣，迂迴試探
還有多少情緒的斷句，
或多少已在恢復之中？
日子仍倦著雨著賒欠著……
轉角之後沒有新的暗示了，
單人座位，單人份餐
一通電話僅顯示某一去處，
城市如期展開了擁抱
我們的聲音、形狀、色澤
光源一如既往靜候著知覺
距離是被愛著的，離開
不等於孤獨，妳說
並輕輕滴落了橄欖花葉

選自《困難》（逗點文創，二〇一八）

前中年書

聽說一些事情不再回來了
也聽說其他許多
時間依舊每秒一格
此刻是久遠以前的多年以後，
體內過多詮釋不足的剩餘
容易逾期、過敏，
嫻熟於失敗與傷後之處置
世界突然成為了僵局
不時誤入意志的窄巷
不時在新的路口遭遇舊的告示，
誤點的事故的過站不停的……
所有去處皆為重複的視野
生活依舊每秒一格
必須更勤於鍛鍊慣用的字句

必須更適應換季，
日子漸漸鬆垮，像一件
太常送洗的紀念衫
無法挽回消失的觸感，
一切隨時可能是最後的了
更可能有未告知的其他許多，
在攻守互換的下午
認真整理那些遙遠的窗臺
和一直延後完工的夢，
記憶如何鋪設通關密語
如何每秒一格一格後退
並且不發出聲響？
本日狀態不明，手邊是同一幅景致
偶有飛鳥帶走了什麼
有些被看見有些則不，
終究到了敘事待轉區，
開始校準理解事物的姿勢
關心日照，很快就光色耗盡了

很快就走遠許多，
此後是如果沒有的總有一天，
深感已不能即時復原的愛與種種，
在透明而寧靜的距離中，
清點未曾確認的失去
那些不克前來或無故缺席的
這樣了嗎？或仍需等待？
落葉更晚了，季節不斷增訂語法
晨昏起落一格一格……
而明天將是另一張合照，
總有人告知：靠近一點
再右邊一點，可否直視前方
別忘了微笑

選自《困難》（逗點文創，二〇一八）

葉覓覓（一九八〇——）

評傳

葉覓覓（林巧鄉，一九八〇—），嘉義人。東華大學中文系、創作與英語文學研究所畢業，芝加哥藝術學院電影創作藝術碩士。在詩歌的渠道裡接引影像的狂流。潛心探索靈魂與生滅，喜歡穿越各種邊界。作品曾獲聯合文學小說新人獎、國語日報兒童文學牧笛獎、德國斑馬影像詩影展最佳寬容影片等。著有詩集三本，《漆黑》（唐山，二〇〇四）、《越車越遠》（田園城市，二〇一〇、二〇一五）與《順順逆逆》（田園城市，二〇一五）。英譯詩選《他度日她的如年》，入圍二〇一四美國最佳翻譯書獎詩集類；荷譯詩選《我不知道你不知道我不知道》，像是冒號又像預告。

以上是葉覓覓非常規格式的小傳，但在詩中，她的「自我」意識不輕易表述出來，青年評論家劉益州認為「她習慣用模糊、破碎的意象從超現實角度來表述自己。」「葉覓覓喜歡用押韻、有趣但不相關的語言在詩中達到淡化詩表義的功能。」（劉益州：《意識的現形：新詩中的現象學》）

因此，我們在詩中看到以〈葉覓覓〉為題的詩：「可以是一個人或一支歌，也可能只是狀態。／是人的時候，她搭乘夢貨船在睡世界裡旅行。／是歌的時候，她吹走鳥鳴和烏雲，

押三三三種韻然後感到十分光明。／狀態有時候是滴水穿石，有時是秉燭夜遊，有時是捕風捉影。」（《越車越遠》，頁一九七）

這是葉覓覓對自我的語言切入與輸出的（幾種）不同型態，或可憑以認識葉覓覓的詩。

這裡選錄她不同階段的四首詩，協韻、同音，日常的語言，歌謠式的輪唱，讓我們有閱讀的喜悅，甚至於感覺隨時都在遇見葉覓覓，〈她像湖／他像虎〉裡他的臉是抹布／她的頭皮是鼓，他庸俗／她糊塗，他專門織布／她負責說不，那個他和她的組合，不是葉覓覓嗎？〈越車越遠〉裡「她蒐集各色空瓶，醃泡不同年份的黃瓜。按時用星期七的碎沫澆花。家裡有牛，有男人和硯臺一枚。常常在院子裡打斜線。有時不小心跨過一些貓臉。」不也是可以覓得一些些？〈發生過的就會繼續發生過〉既然如此，還可以覓得另一些些吧！〈陷在電梯裡的象〉不容易拉出來，要不，我們就不需要尋尋覓覓了！不過，這過程卻是充滿百分百的歡樂。（蕭蕭）

她像湖╲他像虎

他的臉是抹布╲她的頭皮是鼓
他庸俗╲她糊塗
他專門織布╲她負責說不
他鎖門╲她作文
她說虔╲他說牆
他上船╲她上床
他的旁觀很涼╲她的膀胱很苦
他姓胡╲她姓盧
她叔叔的玉蜀黍無數╲他的姑姑照顧金針菇
他孤獨╲她虛無
他家的壁虎太跋扈╲她
她的羅曼史寫到第五部╲他
他有一口井╲她有兩面鏡
他要死╲她要鑰匙

她開鎖╲他沒死
他繼續╲她積蓄
她打算買一座廢墟╲他想換一件衣服
他被驅逐╲她被祛除
他說馬的╲她說馬的眼睛真夠土
她說你娘咧╲他說你娘咧嘴又打呼
她招來霧╲他感到荒蕪
他練習新舞步╲她熱愛走路
她像湖╲他像虎

原載二〇〇三年《聯合文學》雜誌第二二八期
選自《漆黑》（唐山，二〇〇四）、入選《二〇〇三臺灣詩選》（二魚文化，二〇〇四）

越車越遠

她蒐集各色空瓶，醃泡不同年份的黃瓜。按時用星期七的碎沫澆花。家裡有牛，有男人和硯臺一枚。常常在院子裡打斜線。有時不小心跨過一些貓臉。爆炸也無

所謂，就算鍋子裡有狗吠。喜歡寫蟲卵般的字，一粒一粒地寫。肚子裡養了一碟
嬰兒屑，像玻璃彈珠那麼豔。
有一天，他們給她拉來一條鐵軌，教她在頭頂噴煙。
於是她就車起來了。對著鐵軌，對著屋簷。
我很精密。我很淘氣。我是地心引力。
她唱。
如何不被疲累？
誰在誰的邊界？
她唱。

車過窗下的時候，她的男人在窗裡望她。
手裡握著一節交流電。
他垂著臉，像是貨櫃裡的老肉桂。
她的牛在窗裡望她。她的硯臺在窗裡望她。
牠們困惑極了，不斷從眼睛擠出墨汁與奶，
滴滴答答。

寂寞比水甜一點。

魚比海還酥綿。
從此，我就要去荒原荒原。
她唱。

她越車越遠。

二〇〇八年

選自《越車越遠》（田園城市，二〇一〇）

發生過的就會繼續發生過

對\是發生過\是這樣子沒有錯\過去的我有過去的手\過去的手誤解過去的鎖
\過去的鎖像一隻黑白小陀螺\原地打滾等待發落\不斷縮回的是過去的手
沿著死生的節奏\我們都還會留下更多古董\更多均衡的坑洞\廢墟\哀愁\與
更多馴良的蜜蜂\對\那些\這些都發生過\豔麗的很快就會變醜發臭\對

你還記得幾則繁複的迷夢╲？
對╲就是那裡╲燈色暗紅╲雨水雄厚╲她的吻從你的腹肌溜過╲對╲我們都來自
子宮╲對╲不住皇宮╲對╲有人潛好深的水╲對╲有人攀上高峰╲對╲有人辦公
有人冬烘╲對╲有人被動╲有人打零工

可是╲一臺電視如何讓一百個頻道同時放送╲？
可是╲一個人如何度過春夏秋冬春夏秋冬╲？
是不是╲每一雙球鞋都有它們奔跑的理由╲？

他╲在黑暗裡校正顏色╲一些細微的聲音炸彈起來╲對╲他想起一個名字╲石頭
般的名字╲不對╲是雞卵般的名字╲不對╲鹽粒般的名字╲不對╲海浪般的名字
╲不對╲是齒隙般的名字╲對╲一個他愛過的名字╲對╲不對╲對╲一個女孩的
名字╲他們曾經一起踩過陰天的草原╲對╲是發生過

對╲那名字╲對╲他發生過
對╲過去對我們都發生過╲對
我們╲在記憶的頻道裡切換春夏秋冬

我們就是／球鞋奔跑的理由

昨天的風是不是今天的風／？
今天的你能否聽見明天的我／？

每個人／都是一座神祕的小宇宙／沒有誰能夠被誰複製穿透／她有她的沙漠／你
有你的白晝／我擁有一滴頑強的墨／對／是發生過／我們都被這樣發生過／就像
冰冷的插頭尋覓／溫熱的電流／發生過的就會繼續發生過

二〇〇九年

選自《越車越遠》（田園城市，二〇一〇）

陷在電梯裡的象

就算粉身碎骨她也要把絲瓜園裡的字根提攜起來。每天都在蒜著蒜著，連經常跟舌頭攪和的那首歌謠都爆香了。如果消瘦是一種流行，她寧可在地球燒焦之前，減掉很多自己的肥然後復許多的胖，穿脫各種大小尺寸的衣服。她最差的樣子也不過就是趿著拖鞋去跟人家馬拉松結果在起點就被一個保麗龍盒給絆倒了。

她總覺得她會嫁給很窮的偉人，因為她非常希望自己的名字可以在偉人的傳記裡亂噴一氣。她迫不及待地把家裡最白的那面牆壁命名為偉人，她經常親吻那面牆壁，在牆上蓋下五顏六色的指紋和口紅印。她期待有一天，很窮的偉人的靈會破牆而出，跟她傾訴相思之苦，兩個人一起喝紅棗茶、吃燙青菜和炸蝦子。

「你的千頭萬緒抵不過我的一絲半縷。」她常常跟西北雨說。

在夏天，她喜歡沿著蟬鳴的雷音禪定；在冬天，她用番茄的鮮血把雪花拓印。她的生命靈數是3＋3，討厭星期二，不愛鈕釦但熱愛折扣，有時被焦慮穿透，無法跟戴眼鏡或牙套或助聽器的人說話，對飛機和豬耳朵過敏。

如果說她只是一種現象，那麼，她更像一頭陷在電梯裡的象，自己出不來別人也進不去，就這樣卡在立方盒子裡不斷上上下下。

她期待有一天，有人可以在電梯門開啟的時候，一把揪住她長長的鼻子，用強烈颱風的力道把她連根拔出。可惜的是，沒有人想要浪費力氣去救一頭淪陷的象，大家的反應都一樣：「既然這部電梯已經客滿了，那就去搭另一部電梯吧。」

想像坐在一個空晴天的空屋子的空椅子上抱一個哭聲空白的嬰。想像站在一個滿夜晚的滿幽暗的滿草原上摘一顆亮度飽滿的星。她既是那個嬰也是那顆星，有時她也會變成在烤箱裡融化的冰。

她想要留下也想要離開，大致說來，她像嬰一樣纏、像星一樣燦，輕微憂鬱但不慘澹。除非這個世界只剩下減法沒有加法，或者只剩下剪髮沒有假髮，那麼，她才有可能被踩不爛的蟑螂和關不住的鼠群，一小塊一小塊地殲滅。

原載二〇一四年《聯合文學》雜誌第三五四期
選自《順順逆逆》（田園城市，二〇一五）

崔舜華（一九八五——）

評傳

崔舜華（一九八五—），國立政治大學中文研究所碩士。曾任文學雜誌編輯，目前專事寫作。著有詩集《波麗露》（寶瓶，二〇一三）、《你是我背上最明亮的廢墟》（寶瓶，二〇一四）、《婀薄神》（寶瓶，二〇一七），散文集《神在》。曾獲林榮三文學獎、吳濁流文學獎。

崔舜華於二〇一三年出版第一本詩集《波麗露》，就顯露了她既華麗又冷豔的獨特詩風，一如該書編輯對此一詩集的書介所說：「她狂傲也辨證，穿破愛欲之無可言說，卻從未欲辯忘言。她總是上下追索，纖弱與狂烈，遂得以同時在她詩中並存，勾勒出女性最獨特而感官的觸角。私密而又公眾，日常而又劇場，愛與恨，病與傷，美好與毀壞，生活與死亡，以及介於兩端之間的一切難以言喻，便在她對鏡之際，如歌亦如咒，徐徐釋放。」這本詩集使她成為備受詩壇矚目的新人。

一年後（二〇一四年），崔舜華又以旺盛的創作力結集出版第二本詩集《你是我背上最明亮的廢墟》，同樣令人驚豔。這本詩集寫她進入婚姻生活中的種種擦撞、愛情與婚姻、身體和慾望、詩與現實，在她以分節書寫，長達四千餘行的詩作中互相究詰。她將自身的生命經驗和生活日常提煉為具有多重指涉意涵的陰性書寫，藉以表現現代女性在愛情與婚姻、身體和慾望之間不斷遊移／猶疑的流動狀態。

二〇一七年推出的第三本詩集《婀薄神》，她進一步以英文「absent」塑造一個不存在的「婀薄神」，暗喻日常生活的虛無與匱乏，以及在此一狀態中的女性身體經驗與內在世界的荒涼感。她從生活、愛情和性，內在心靈和身體感官的交互拉鋸中，呈現了迥異於抒情傳統的狂野、暴烈和荒謬語境。「婀薄神」是神，而不存在；愛，則是法外之徒，沒有末日，也不受羈束。通過色彩繽紛的意象、冷靜又反邏輯的語言，她成功打造了一座女性精神史的廢墟花園。（向陽）

密室遊戲

我的生活是一座密室
風漏不進
點滴無光
在黑暗中伸出手掌
數算白日的透明的消亡

無砂，無沙漠
無一月的雪
無九月的窗
沒有鑰匙，沒有電力
沒有記憶，沒有睡眠

唯床一張
唯信一封，摺疊在枕下

我就著黑夜閱讀
以腹語默誦命運的走向
仍打掃乾淨，盡所能之力
劃定範圍，默許親近
張開眼睛

把出路當作
祕密的約定
依靠你，五月的晨光
三月的櫻花

選自《波麗露》（寶瓶，二〇一三）

波麗露

容我向你說明
寫信時，房間落下雪花
這絕非適宜居住的南島

粉紅色的調酒
總是潑灑在地毯上

植物總是枯萎
窗扉永遠緊閉
我將所有的空間纏上白色的繃帶
又將藥膏塗滿字的創口

體腔，與體腔的擠壓
遠方有人演奏精悍的舞曲
波麗露。
越變越小的世界裡
生存充滿軟而倒錯的邏輯

我不快樂。讓我為你說明
容易受傷，當你
經過我身邊
當你忘記搭配成套的領帶

我提議那成為一種輕忽
關係的癥結
像別在衣襟上的珍珠

用青色的墨水圈起句讀
像評論昨天的雲
交談前的地平線

選自《波麗露》（寶瓶，二〇一三）

詞彙課

首先，從
「一無所有」開始……
調整節奏，押韻，側身擁抱
禮儀與所有荒蕪的細項
我們迢迢跋涉詞彙的曠野

文法似狼，為我等人埋伏
誘引粗心且幼稚的牧羊人……

牧童在河邊牽領芒花的隊伍
衣角勾動一日的落雪
這風景，被喚為「重新開始」

最強悍的婉約來到門前
使我們一夜理會了
何謂短好的「相思」和「安眠」

一千座廊前微燈初上
我祈禱：讓女人們美若桃林
善於古典的調味和織錦

讓男人用脛骨去戰爭
匍匐於長草間，獵捕「宏盛」和「青春」

讓少年容許春天裡所有的「無心」
讓瓱弱者諒解秋天、埤塘和蜻蜓

讓病人緊握「不朽」
讓旅人收穫「目的」

讓孩童學習金子的戒律
再沒有一名母親要為黑夜命名

生活。呼吸。奔跑，再奔跑……
直到抵達我們夢中
「壁」與「火」的界線——

艱難的時刻已降臨
一切將被定義
一切將不再定義

我們朝「來日」投身而去

在「今日」的屋簷上連夜唱歌
而那鴉群中的獨居者
身陷流沙
「愛」，活像法外之徒

大夢為秋風所破

九月高空
烈光生娩的影子
誰是偷換的枯櫻的孩子
遮蔽皮相與柏油的臉部
揭起白髮女工的獨目

為秋日作結——
在大地中央劃

選自《婀薄神》（寶瓶，二〇一七）

一道旱與人的界線
在栗子和芒田之間
把靈肉翻轉
撒開語言的芒籽

九月夏花如大夢
藍石的荒野，黃狗吠叫的幽默
何時，我們應慶祝
祝福，許多人健康美麗
許多事將要進行

我則未及阻止
是否應當起身
使地心，傾斜半座鼻翼
偏頗地生活，去袒露傷口
在日光之下，嘗試作
整個誠實而赤裸的人
而你正生如夏花

給過我大夢一場

婀薄神 absent

我為你擺除一切苦——
萬事視你為啟示
罌粟中升起太陽
照耀殷勤而至美
那眾生繁相

迷途的神諭
我為你而不再滯行
雨落雨停之間
柏葉懸垂的蜘蛛線
一如愛裡，微言大義

選自《婀薄神》（寶瓶，二〇一七）

共飲一杯咖啡
雷電的季節
我心清澈，樂觀所需
夢中信奉的婀薄神——
簡衣素顏，無施恩典
纖弱的蜈蚣偷進我殘敗的肉身
無可獻祭的春天
誰也不在意的淡景裡的蕭邦

我依舊深信，眾生存有法
依舊執著一點顛倒夢想
僅僅我不再擱留
或耗除我輩此生，萬種歧疑
伏特加，遠山，五月的霧紗麗

婀薄神——我已臣服生活
妄語的巴別塔
塔下埋錄我身世的事紀

隱躲一個祕密
分娩國王的死胎
無所謂地蹲在路旁
以敗葦祈禱

過路人，你可明白行走的意義？
你永遠比自己想得更鈍
捨棄晚餐，交談或擁抱
世紀的孤雛手執獨根的蒲花
平庸地盛放

選自《婀薄神》（寶瓶，二〇一七）

九 歌 文 庫 1 3 3 0

新世紀20年詩選（2001-2020）下

國家圖書館出版品預行編目 (CIP) 資料

新世紀 20 年詩選 . 2001-2020 / 蕭蕭主編 . -- 初版 .
臺北市：九歌 , 2020.06
冊； 公分 . -- (九歌文庫；1329-1330)
ISBN 978-986-450-293-6(上冊：平裝)
ISBN 978-986-450-294-3(下冊：平裝)
ISBN 978-986-450-295-0(全套：平裝)

863.51 109006293

主 編——蕭蕭
編 委——白靈、向陽、焦桐、陳義芝
執行編輯——鍾欣純
創 辦 人——蔡文甫
發 行 人——蔡澤玉
出版發行——九歌出版社有限公司
臺北市八德路 3 段 12 巷 57 弄 40 號
電話 / 25776564 傳真 / 25789205
郵政劃撥 / 0112295-1

九歌文學網 www.chiuko.com.tw

印 刷——晨捷印製股份有限公司
法律顧問——龍躍天律師 · 蕭雄淋律師 · 董安丹律師
初 版——2020 年 6 月

定 價——480 元
書 號——F1330
I S B N——978-986-450-294-3